# 风容

张宗子 著

江苏凤凰文艺出版社

# 序

    大概是去年冬天吧，和晓丹兄一起坐车从牙买加回法拉盛，路上说起写文章。晓丹说感觉我写文章特别轻松，找个题目，提笔就来。我说其实不然，很费脑子，写完了，需要反复改。以前不这样。以前文章写完，看看有没有错字、漏字、笔误，改过来就好了。现在不行，文章的初稿，有时简直没法看，必须反复改，改比写还重要。就像看书，重读比读重要。好书不重读，泛泛而过，印象模糊，除了增加一点见识，收获不多。重读了，或者选择部分章节重读了，才有了感觉，对书的理解也更上一层楼。改文章正是如此。我的习惯是写好之后，搁几天再看，把文字理顺，把不满意的表述改得更准确。然后，如果不急着交稿，搁三几个月，回头再改，这就不是理顺和修饰字句那种小问题，而是从整体上，结构上，做进一步调整。补充内容，删掉忍不住说出来的废话。一方面，把没舒展的意思舒展开，另一方面，对谈到的题目，加深认识，提高思想。如同剥笋，虽然不可能剥到理想的层次，但总是尽量再剥深一层。

经过这样的修改，文章焕然一新，小则补阙挂漏，大则脱胎换骨。这说明什么呢？我想人的才气，在某种程度上是有限的，不可能无限制地使，肆无忌惮地使。就像花钱，一个月的工资只有三千元，那么这一个月里，最多只能花三千。想花四千五千，得等到下个月。才气需要积累。一篇文章，短到两三千字，长到五六千上万字，要处处都好，意思好，表达好，通篇神完气足，很难很难。写的时候，顺流而下，状态绝佳的话，笔势纵横，神气贯通，时有妙语。状态不好，一定枯涩疲软。好比一台戏，生旦净末丑，人物全都到齐，可就是无精打采，有时候，连服饰也不成样子。文字就是衣服。人靠衣装，文章何尝不是。过段较长的日子修改，复有神思妙悟贯注其中，弱的地方补强，文章自然越加精神。

改文章，最好是已经从文章的情境里出来了，已经把它忘了，又去读别的书，做了别的事，这时回头看，容易看出真面目，知道好不好，好在哪里，不好在哪里。太差劲的，无从改起，干脆扔掉。就是那些不错的，也总有修改的余地，思路重返，枯涩也许一变而为丰腴。杜甫说诗不厌改，在有了多年的写作经验后，终于可以深切地体会到了。"四更山吐月，残夜水明楼"，读者皆知动词"明"字用得好，然而诗一起笔，这样的字眼就能跳出来，这样的好运气可不会多的。也许一年后，两年后，重读旧稿，才灵光一现，那个最合适的字早就等在那里了。杜诗精纯，反复修改是一个原因。才思敏捷的人，如李白和苏东坡，下笔千言，倚马可待，那种状态，人年轻时多有，要说也不足为奇吧。纵然文章一成篇就好得不得了，改，还是会让它更好。李白的诗结尾经常不讲究，爱用"明朝挂帆席"那样的套路，如有杜甫一半的耐心，这毛病大部分可以改掉了。

费脑子还有第二点。写随笔，难的是找题目。读过的书，经历的事，千头万绪，不是什么都可以谈的，得有一个命意，有点个人的浅识。泛泛而谈，虽然可能突发灵感，总归勉强。找题目，就是找脑子里的那点闪光。对我来说，有了题目，有了开头，文章就完成了一大半，写的过程通常是很顺畅的，不费力，而且痛快。有些题目，考虑已久，屡次想动笔，都觉意兴索然。这就是时候不到，一地散乱的珠子，没有串起来。某一天，水到渠成，忽然想写了，写出来多半不会太差。

业余写作的好处是不以文谋生，有较大的自由度，不好处是时间少，难以从容。如果不能从容，文章写成，不免忐忑，每次重读，忍不住要去修改。假如没有截稿期限，真不知道要改到什么时候。超出个人才力的好，再勤勉也做不到；就是在才力所及的范围，做到完美也是不可能的事。想想看，一年几十篇文章，有几篇是改到自己觉得舒服，完全满意，不需要继续改的呢？

在散文上，我向来不是一个深刻的人，鲁迅先生和周作人先生的深刻我达不到；我也不是一个博学的人，如钱锺书先生那样，我谈诗词，谈小说，只能隔着靴子，靠着愚者千虑的运气，偶尔搔中一两个痒处；我不是一个看透世相而因此学到一点机智，培养出趣味的人，如汪曾祺先生，我一生见事和行事都简单，俄罗斯套娃层层叠叠，乐意只看到外面那一层，别人以善意猜度，以我为谦虚，我只能一笑置之；我尊敬沈从文先生，他有赤子的情怀，有对世上一切美好事物的敏感和关爱，我的性格虽与之近似，却不能做到他那样纯真和率性。对于读书和写作，我唯一可自诩的，是甘于沉溺其中。

早晨在图书馆的咖啡小馆吃早点的时候，翻看台北故宫博物院编的《也可以清心：茶器·茶事·茶画》，翻到第52页，是一个南宋剔犀如意纹茶托，原物幸存至今，现藏东京国立博物馆。审安老人《茶具图赞》一书中有此茶托的线描图,赞曰:"危而不持,颠而不扶,则吾斯之未能信。以其弨执热之患,无圮堂之覆,故宜辅以宝文而亲近君子。"很喜欢这段话,也喜欢刻写的文字(图录说是明正德六年长洲沈氏的刻本),纤秀清丽,有远闻花香的感觉。故宫的图录中收了陆游一帖,说到赠人"新茶三十胯,子鱼五十尾"。还有苏轼致陈季常的一封短札,提到"团茶一饼",这都可令人想象古人遥远的生活细节。洪竣兄笑说我"边饮边看",然而饮咖啡而读茶书,不亦颠三倒四乎?

元好问《论诗绝句》第二十:"谢客风容映古今,发源谁似柳州深?朱弦一拂遗音在,却是当年寂寞心。""风容"一词本此。元好问诗是论谢灵运和柳宗元的,这却和我无关,我只是喜欢这个词。

2019 年 5 月 23 日于纽约

# 目录

序 / 001

## 第一辑　花钱上的东坡诗

石涛的妩媚 / 003

耻与魑魅争光 / 008

卖花担头看桃李 / 013

谁能七步成诗 / 018

闻风坐相悦 / 022

不亦快哉 / 027

花钱上的东坡诗 / 032

烂柯山，灰姑娘，黄金国 / 036

侦探小说 / 040

另一种现实 / 045

弥尔顿的玫瑰 / 049

大象卷起的门牙 / 054

不知命，无以为君子 / 059

寓物不留物 / 066

对花能饮即君子 / 071

## 第二辑　深目如愁

梅花诗 / 081

金星玻璃 / 086

两棵树 / 091

牵牛花 / 096

谦尊而光 / 100

深目如愁 / 105

胡适日记谈诗 / 109

周氏兄弟的短文 / 114

知堂谈鲁迅小说 / 118

成吉思汗是日本人？ / 122

钱氏父子与鲁迅 / 128

林语堂《八十自叙》/ 133

王叔岷谈庄子 / 138

碧天无际水空流 / 142

## 第三辑　咖啡馆读书

谤誉中秋月 / 149

生子当如蔡约之 / 153

王安石的境界 / 158

毒药 / 162

对牛弹琴图 / 167

色不异空 / 171

执念 / 176

花如解语 / 181

压桥魂 / 185

今人胜古人 / 190

如何藏起一本书 / 194

咖啡馆读书 / 199

文章辞力 / 204

神闲意定始一扫 / 209


## 第四辑　午夜之歌

画商日记 / 215

莎士比亚哪儿又不对了？ / 223

高更是个疯子 / 228

基耶斯洛夫斯基的残酷 / 233

无辜者的受难 / 237

大白鲨 / 242

人和复制人 / 246

失败者卡夫卡 / 253

午夜之歌 / 261

坛子轶事 / 265

项链 / 269

莎剧《暴风雨》/ 276

玫瑰即使不叫玫瑰 / 280

第一辑

花钱上的东坡诗

## 石涛的妩媚

石涛的众多别号中,有一个"苦瓜和尚"。有人说,苦瓜成熟后皮青瓤红,寓意身在清朝,心怀朱明。这种苦瓜,和寻常作蔬菜吃的有所不同,猜想就是我小时候父亲种来赏玩的那种小苦瓜,手雷大小,浑身疙瘩,俗称癞头宝。橙红如玛瑙,恰巧盈盈一握。纽约印度人开的店里,有类似的品种,稍细长、小,墨绿色,买回去炒着吃,苦不堪言。石涛画苦瓜,题词说:"这个苦瓜,老涛就吃了一生。"意思很明白。有人说,他的山水画清淡疏朗,细品透着一丝苦涩。苦涩我没有看出来,我看他的画大似倪云林的洁净,但也有虽然细微、却掩藏不住的妍丽,比如秋景里常有的红色,几乎是妩媚了。

《淮扬洁秋图》我是很早在某种生活杂志的封底上见到的,印象很深。画上的题诗也好:"老木高风着意狂,青山和雨入微茫。图画唤起扁舟梦,一夜江声撼客床。"石涛能诗，比八大山人写得好多了。八大的诗不假修饰，言为心声，颇见性格，但用口语，又非常简化，常常读得似懂非懂。他画兔子，题诗曰："下第有刘蕡，捉月无供奉。欲把问西飞，鹦鹉秦州垅。"前两句没问题，是感时愤世的：像刘蕡那样正直而有才华的人，偏偏应试落第，像李白那样潇洒飘逸的人，如今已不再有。刘蕡是李商隐尊敬的人，爱读李诗的，对他应当不陌生。后两句，隐约知道他说什么，就是难以落实。四处请教，得南昌段老师指点，方知是借兔咏月，"孤兔东升西坠，万事水流无痕"。"欲把问西飞"，是从李白的"鹦鹉西飞陇山去"化来的。石涛的诗不然："岚气尽成云，松涛半似雨。石径野人归，步步随云起。往来发长啸，声闻拟千里。达者自心知，拂袖从谁语。"题山水图的这些小诗，清新明快之外，文字也十分雅驯。

石涛是天才型人物，作画写诗，不是孟郊贾岛一样的苦吟派。给人的感觉如此，没有镂刻的痕迹。李驎晚年住扬州，与石涛为好友，他在文章里讲了石涛几件事。石涛曾说，"生平未读书，天性粗直，不事修饰。比年，或称瞎尊者，或称膏肓子，或用'头白依然不识字'之章"，李驎说，这些话，"皆自道其实"。"又为予言：所作画皆用作字法，布置，或从行草，或从篆隶，疏密各有其体。"说不识字显然过谦，至于书画同源，是早就有的说法，我念书时都读过赵孟頫的诗："石如飞白木如籀，写竹还应八法通。若也有人能会此，须知书画本来同。"但石涛说他作画的布置，包括疏密的手法，是参照不同的书体，说得更加具体。知味的人读了，不免会心一笑。

石涛给李驎讲过他的两个梦。第一个，梦里过桥，在河边遇到洗菜女子，引他进了一座大院看画，种种奇变，不可胜记。第二个，梦登雨花台，手掬六颗太阳吞到肚子里去，从此作画有如神助。这两个梦，有李白的气质，第一个尤其奇特。大宅观画也就罢了，为何引路者是一个洗菜的乡下女子？

八大山人画怪鸟，鸟像阮籍一样翻白眼，歪着脖子，站在石头上，瑟瑟索索，如对秋风，如聆秋雨。人梗着脖子，是负气的表示。常梗着脖子的人，据说性情刚硬，难以回转。在八大眼里，鱼鸟都如人。花草他放了一马，画得温婉多了，是可以亲近的样子，正好做了鱼鸟的伙伴。相形之下，石涛画里的动植物，给人安居的温暖和恬适感。当然石涛的温暖和恬适不似齐白石那么平易近人，有股傲劲儿在里头，既要拉近观者又不容亵狎，既极力贴近现实又故意造成一种距离感。他笔下山水异乎寻常的洁净感似乎正是这种矛盾的产物，我觉得。

方外人以冷静的态度待物，不清高也应当是清高的。

最起码，不至于热衷，否则何必出家？看八大山人的像，斗笠宽大，头小，清癯羸弱。看石涛的像，或因正当壮年，显得壮实，有精神，有人看出热情，有人看出英气，还有人，如我，看出亲切。据说石涛到北京，善于交际，奔走于王公贵族之门，因此众口交誉，让他名满天下。康熙南巡，他两次接驾，一次在南京，一次在扬州。在扬州平山堂那次，康熙帝当众叫出石涛的名字，让石涛激动万分，赋诗以志："圣聪勿睹呼名字，草野重瞻万岁前。"这组《客广陵平山道上接驾恭纪》七律的第一首，写出他无限感激和得意的心情："无路从容夜出关，黎明努力上平山。去此罕逢仁圣主，近前一步是天颜。松风滴露马行疾，花气袭人鸟道攀。两代蒙恩慈氏远，人间天上悉知还。"

读石涛的题画诗不少，没想到他写应制颂圣的长句还这么拿手。很多人看不起宫廷诗，其实写好了，写得得体，很不容易，需要很高的学养。《红楼梦》里公子小姐作诗玩，写闲情，咏花草，轻轻松松，甚得乐趣。元妃省亲，需要应制，就不能出彩。杜甫的七律至高无上，可是唱和贾至的早朝大明宫诗，有人说，就让王维和岑参压了一头。

面圣之后，石涛绘制了一幅《海晏河清图》，题诗还是七律："东巡万国动欢声，歌舞齐将玉辇迎。方喜祥风高岱岳，更看佳气拥芜城。尧仁总向衢歌见，禹会遥从玉帛呈。

一片箫韶真献瑞,凤台重见凤凰鸣。"落款是"臣僧元济顿首"。(歌颂太平盛世,却用了"芜城"二字,遇到《水浒》里人称"黄蜂刺"的黄文炳那样的人来审读,还是大有危险。)

研究《石涛画语录》的俞剑华先生对石涛的行为颇不以为然,说他的诗是"肉麻的接驾诗",说他接驾两次,在京三年,完全不是遗民的身份。石涛的题画竹诗说,"未出土时先有节,到凌云时本无心",俞先生说,"恐怕是以此解嘲罢了"。

我倒是觉得石涛没什么可苛责的,他既没还俗去做清朝的官,享荣华富贵,也没去当个供奉翰林之类,为太平盛世作点缀。他没有出卖朋友,也不曾为虎作伥。当然他运气好,遇到的是康熙。康熙只是"亲切地"叫了一下他的名字,并没有硬拉他"入吾彀中"。当然,也可能是看不上。

2017 年 9 月 14 日

# 耻与魑魅争光

《聊斋志异》里有不少胆子大的狂生，不怕鬼，也不怕狐狸。小时候读《聊斋》，印象特别深的几位，就包括《青凤》里的耿生。他的名字也好，叫去病，霍去病的去病。耿家过去是大族，"第宅弘阔，楼舍连亘"，后来家道中落，豪宅成为废园，加上闹鬼，愈发荒芜。耿去病好奇，夤夜去探虚实，遇上狐狸一家，其乐融融地过日子。这家的女孩青凤长得漂亮，让耿生神魂颠倒，几杯酒下肚，嚷着要娶青凤为妻。胡家躲避，耿生就夜夜到楼下读书，希望再见到青凤：

"夜方凭几，一鬼披发入，面黑如漆，张目视生。生笑，染指研墨自涂，灼灼然相与对视。鬼惭而去。"

鬼吓人，无非是形貌与人不同。好莱坞电影里，人戴上面具，就能制造很好的恐怖效果，生活中也有类似的事。比如走夜路迎面遇到来客，对方头顶了箩筐，披了白布，或者脸上沾染了颜色,蓦然觌面,往往把人吓得半死。还有小偷扮鬼闯到人家里,不料撞上另一个同样装扮成妖怪的同行,互相惊吓,两败俱伤。狂生多矣,耿生的不凡之处,在他见怪不怪,不仅镇定自若,还能抓住对方的弱点戏弄之。面黑有何出奇?又不是张飞和包拯。用墨一涂,要多黑有多黑。面对耿生,鬼只好惭愧而去。

纪昀《阅微草堂笔记》曹竹虚族兄一条,可作耿生故事的补充:

曹生去扬州途中,住在友人家。时当盛夏,他见友人的书房敞亮,宁愿下榻其中,不住卧室。友人说,书房闹鬼,不能住,曹生坚持要住。到了半夜,果然有怪物从门缝蠕动着挤进来,开始薄得像纸,进屋后慢慢展开,变成人形,是个女子。她见曹生一点也不害怕,就披散头发,吐出舌头,现出吊死鬼的原形。曹生轻蔑地说:头发还是头发,不过乱些;舌头还是舌头,不过长些,有何可怕?鬼没办法,摘下脑袋放在桌上。曹生见了,更是哈哈大笑:有头我都不怕,何况没头!

这故事见"滦阳消夏录"卷一,卷六又有一条:

有个叫许南金的人,胆子特别大,在寺庙读书,与一友共榻。夜半,北墙上亮起两个火炬,细看是一个人,脸从墙壁里伸出来,大如簸箕,火炬是他的眼睛。朋友吓得要死，许南金披衣坐起，笑着说："正想读书，没蜡烛了，你来得正好。"拿起书大声读起来。没读两页，怪物慢慢退回，喊也不出来了。又一傍晚如厕，小童手持蜡烛跟随，大脸怪突然从地面冒出，小童扔掉烛台，扑倒在地。许南金拾起烛台，搁在怪物头顶，说："这样挺方便。"又说："厕所是脏地方，你偏偏喜欢，好吧，那就拿脏纸抹你嘴好了。"怪物被抹，气得连连吼叫，当即逃之夭夭。

许南金事后谈感想："鬼魅也许有吧，见到也不稀奇。检点生平，没有不可面对鬼魅的事，自然毫不紧张。"这就是俗语所说的，未做亏心事，不怕鬼敲门。纪昀则说：曹生的故事令人想起嵇康。老虎不吃醉人，因为醉人不知道害怕。害怕则心乱，心乱则神散，鬼就能乘虚而入。《列子》"黄帝"篇："醉者之坠于车也，虽疾不死。骨节与人同，而犯害与人异，其神全也。乘亦弗知也，坠亦弗知也。死生惊惧不入乎其胸，是故忤物而不慑。"纪昀的话是从列子那里来的，境界显然比许先生的道德论高出一头。

蒲松龄和纪昀的不怕鬼故事，在《搜神记》和唐人传奇里也读到过，具体一时记不起来。天不变，道亦不变。人性如此，鬼性亦如此。千余年里，人鬼都无进步，区别仅在古人更能举重若轻。嵇康遇鬼，见鲁迅先生的《古小说钩沉·裴子语林》。嵇康深夜在灯下弹琴，来了一人，脸很小，忽然变大，身长丈余，一身黑衣。嵇康盯着怪物看了一会儿，吹灭灯火，说："吾耻与魑魅争光。"这更了不起。不怕之外，还有不屑，真无愧于颜延之在诗中给他的赞辞。

洪迈《夷坚志》中有位善滑稽的宜兴人，更是痛快淋漓地调侃了一番山鬼。山鬼是传说中只有一条腿的怪物，大概与夔同类。有只山鬼闯到他家，从天窗伸下一条长满黑毛的大腿，想吓他，不料宜兴人嗤之以鼻，说："有本事，再伸一条腿给我瞧瞧。"山鬼无言以对，只好讪讪地把腿收回去，再也不好意思来捣乱了。

嵇康的不屑，宜兴人的奚落，到禅师那里转为处世的基本态度，也是修行的境界。据说唐朝的道树禅师在寿州三峰山结茅而居的时候，山里经常有野人，大概也是山鬼之类，变化成佛、菩萨、罗汉的形象出现，或者放出神光，或者发出声响。学生们莫测高深，不知所措，道树却安之若素。野人闹腾了十年，终于消失不见。道树对学生说：野人尽管来闹，我只不见不闻。他们的伎俩有穷，我的不见不闻无尽。闹久了，明白其所为全是徒劳，只能自己找台阶下场了。

"野人作多色伎俩眩惑于人"，损人而似乎不利己。不仅不利己，费力劳神，等于害己。若说他们以破坏别人的事业为乐，遇到道树这样的高僧大德，无所措其爪牙，则意愿不能实现,徒增不如意的怅恨。世上事,是永远不乏庸人来扰人兼自扰的,我们看明白了,冷眼以待,总有他们"作伪心劳而日拙""卷羞怀拙而去"的一天。

2018 年 5 月 24 日

## 卖花担头看桃李

钱锺书说《红楼梦》虽好，书中的诗词却不足道。黛玉为香菱讲诗，香菱称赞王维的"墟里上孤烟"，"上"字用得有力。黛玉告诉她，这是有来历的，是套用了陶渊明的"依依墟里烟"，"上"字便是从"依依"两字化出的。第十七回宝玉为大观园拟匾，认为"编新不如述旧，刻古终胜雕今"。元妃省亲，宝玉作应制诗，一句"绿玉春犹卷"，宝钗觉得不妥，因为元春不喜欢，提醒他说："蕉叶之说也颇多，再想一个改了罢。"宝玉急得出汗："我这会子总想不起什么典故出处来。"宝钗笑道："你只把'绿玉'的玉字改作'蜡'字就是了。"宝玉问"绿蜡"可有出处，宝钗说，唐钱珝咏芭蕉诗头一句，就是"冷烛无烟绿蜡干"。黛玉湘云在凹晶馆联句，连用"争饼""分瓜"，都强调有出典，反对杜撰。"合而观之，足见海棠社、桃花社中吟朋皆讲求出处来历，而实不离类书韵府家当者。"古人靠类书拼凑成诗，颇为钱先生不屑。黛玉谈诗时还说："我最不喜欢李义山的诗，只喜他这一句：'留得残荷听雨声。'"钱先生评论道："黛玉诗识如此，宜自运之纤薄无韵味也。"香菱初入门径，爱陆游的"重帘不卷留香久，古砚微凹聚墨多"。黛玉马上教导她："断不可学这样的诗。你们因不知诗，所以见了这浅近的就爱，一入了这个格局，再学不出来的。"不知残荷雨声与重帘古砚，正是半斤八两。胡应麟感叹《水浒》文章超拔，韵语太差，钱锺书说，《红楼梦》中的五七言诗，虽比宋江和林冲的题壁诗强些，"然经以刻意，终落下界"。

读书久了，会发现很多世俗的定论，其实经不起推敲。因为是一己之见，这些感觉不一定正确，但愚者千虑，或许偶有一得，然而讲出来，很难被人理解和接受。钱先生德高望重，他的看法，红迷尤其黛迷，心里纵有千般不服，轻易不敢嘲讽，也很难反驳。换了别人，非被骂死不可。《红楼梦》里的诗，置于小说的情境中，出自锦衣玉食的少年男女之手，自然难能可贵，但就诗论诗，非要誉为杰作，收入清诗选本，就不免贻笑大方了。

说到这里，想到苏曼殊。钱锺书对于苏曼殊，也是大有微辞的。

钱仲联《梦苕盦诗话》总结苏曼殊的诗，一是浮浅："近人论浪漫诗人，争称苏曼殊。曼殊尚浮浅，不足道。"二是绮靡:"阅吴江柳无忌所编《苏曼殊诗集》一过。曼殊工画善诗,通英法文字,名满海内外,章太炎屡推重之。然其诗除'春雨楼头尺八箫,何时归看浙江潮?芒鞋破钵无人识,踏过樱花第几桥。''寒禽衰草伴愁颜,驻马垂杨望雪山。远远孤飞天际鹤,云峰珠海几时还?'一二绝句,及'山斋饭罢浑无事,满钵擎来尽落花'断句外",多是靡靡之音。

后面补充了几句好话:"曼殊和尚诗,余向嫌其妖冶,然佳处亦不可没。七绝佳句如'袈裟点点疑樱瓣,半是脂痕半泪痕。''轻风细雨红泥寺,不见僧归见燕归。''逢君别有伤心在,且看寒梅未落花。''我本将心向明月,谁知明月照沟渠。'皆风神绝世,柳亚子所称'却扇一顾,倾城无色'者是也。"

苏诗浪漫而肤浅。这两个特点,是他广受欢迎的原因。章太炎和柳亚子的称扬,大概出于朋友间的友情,如初唐四杰的互相推重一样,或不至于不足为据,至少需要打个折扣。"我本将心向明月,谁知明月照沟渠"(最早或出自元代高明的《琵琶记》,后世小说如《初刻拍案惊奇》和《封神演义》中多见引用),实是恶俗之句,钱仲联不知为何一反前说,誉为"风神绝世",大约近世论诗者常有特异的好恶,时移世变,我们今天已经不容易理解了。比如他说李白的"海风吹不断,江月照还空"是历来瀑布诗中最好的,同意苏东坡痛骂徐凝的"一条界破青山色"。这意见本来很对，然而他又举出郑珍的《白水瀑布》诗，说其中的"美人乳花玉胸滑"一句，"生新隽妙，人所未道"。真是匪夷所思。

柳亚子评苏曼殊："小诗秾艳绝伦，说部及寻常笔札，都无世俗尘土气。殆所谓'却扇一顾，倾城无色'者欤。"苏曼殊的小说和诗，都以艳情著称，艳情怎么会是"无世俗尘土气"呢？鲁迅谈拜伦时提过苏曼殊，说苏曼殊译过拜伦的诗，"那时他还没有做诗'寄弹筝人'，因此与Byron也还有缘"。言外之意是，做了寄弹筝人的诗，与拜伦就相去甚远了。实际上，无论之前或之后，与拜伦都很隔。《鲁迅全集》在此作的注却说："'寄弹筝人'指《寄调筝人》，是苏曼殊自作的三首七言绝句，抒写飘逸出世情怀，思想风格与所译拜伦诗异趣。"大异其趣是对的，飘逸出世则未必，只看这三首七绝的第三首："偷尝天女唇中露，几度临风拭泪痕。日日思卿令人老，孤窗无那正黄昏。"哪里能和"飘逸出世"沾上边？前两首倒是有"雨笠烟蓑归去也""忏尽情禅空色相"之类的话，殊不知乃是反语，欲忘而不能，终归还是临风落泪，相思不绝。

苏曼殊有才气而不甚读书，所发议论，难免经常背离事实，钱锺书说他"于西方诗家，只如卖花担头看桃李耳"。

《谈艺录》写：曼殊《本事诗》十章，"绮怀之作也。其三云：'丹顿、裴伦是我师，才如江海命如丝。朱弦休为佳人绝，孤愤酸情欲语谁。'又《题拜伦集》云：'秋风海上已黄昏，独向遗编吊拜伦。词客飘蓬君与我，可能异域为招魂。'"钱锺书讥讽道："命如丝"只能形容黄仲则那样的薄命才子，用以形容柳宗元、秦观和纳兰若容等人，"尚嫌品目失当，何况但丁、拜伦。"拜伦跑到外国去，生活奢侈风流，"自言在威尼斯两年，挥霍五千镑，寝处良家妇与妓女二百余人"。"词客飘蓬"，"孤愤酸情"，哪一条对得上？钱先生设身处地，觉得苏曼殊是"悯刚毅杰士，以为柔脆，怜豪华公子，以为寒酸，以但丁言情与拜伦言情等类齐观，而已于二家一若师承相接，身世同悲"。因此，"不免道听途说，而谬引心照神交"。

2018 年 8 月 16 日

# 谁能七步成诗

古代文人聚会，动辄即兴赋诗。人人锦心绣口，个个出口成章，后人缅怀，称羡不已。具体情形，如《红楼梦》中所写，参加者确定题目，抽签选韵（也可以不限韵），在限定的时间内，完成诗作，交由长者或众人评定。第三十七回，探春黛玉等人起诗社，咏海棠，迎春"走到书架前抽出一本诗来，随手一揭，这首竟是一首七言律，递与众人看了，都该作七言律。迎春掩了诗，又向一个小丫头道：'你随口说一个字来。'那丫头正倚门立着，便说了个'门'字。迎春笑道：'就是门字韵，十三元'了"。又从韵牌匣子里抽出"十三元"一屉，命那小丫头随手拿四块，结果拿了"盆""魂""痕""昏"四块。加上元字，一首七律的五个韵就确定了。其后定时，书中也有描写："迎春又令丫鬟炷了一支'梦甜香'。原来这'梦甜香'只有三寸来长，有灯草粗细，以其易烬，故以此烬为限，如香烬未成便要罚。"

　　这样作诗,看似很难,实际上不算太难。当然了,能否作得好是另外的问题。有些人喜欢在重大的场合,在名公巨卿面前炫耀才华,诗作得飞快,而且颇有警句。如此捷才,不能说没有,但我们读古人的记载,若次次当真而惊叹不已,未免天真。应付这样的场合,就像上考场,有各种招数。老实的,是平时将可用的典故,分类抄写,如关于梅花的、菊花的、月亮的,归置到一起,方便记忆和查找。类书的编纂,便应运而生。但类书不是人人都有的,还是手抄本简便。据说大诗人黄庭坚就有这样的小本子,随身携带,随时翻看。其次,好用的对偶,留心积攒,如"十二玉楼"对"三千银甲","龟曳尾"对"豹成章","麋鹿同三径"对"鹓鸾占一枝"。同义和近义词抄在一起,方便应付不同的韵脚。机灵的,会提前把诗作好。大部分聚会,题目事先不难猜到。中秋,当然咏月。元宵,肯定写灯。赏花饮酒,题目现成。至于送别、赠歌伎、祝寿等等,更是不言而喻。提前作好,叫作"宿构"。有些心细的人,不惜时间,把各种题目作出来,而且每项不止一首,相信一定有用武之地。

　　北宋范镇在《东斋记事》里讲了一个故事:"赏花钓鱼会赋诗,往往有宿构者。天圣中,永兴军进山水石,适置会,命赋'山水石',其间多荒恶者,盖出其不意耳。中坐优人入戏,各执笔若吟咏状。其一人忽仆于界石上,众扶掖起之,既起,曰:'数日来作一首赏花钓鱼诗,准备应制,却被这石头擦倒。'左右皆大笑。"大家都以为现场赋诗的题目是赏花钓鱼,不料要求写假山,结果纷纷出丑,被在场的喜剧演员嘲讽。

这是反面的例子。这种事,遇到真正才华横溢的,便是小菜一碟。

《唐语林》里讲,郭子仪的小儿子郭暧娶了代宗的女儿升平公主,这位公主性格贤淑,颇有才思,喜欢与诗人来往。当时驰名都下的大历十才子,多在郭暧门下。每次宴集赋诗,公主坐在帘子后面听,写得好的,即有奖赏。有次宴聚的比试规则是看谁写得快,李端最先完成,诗中警句:"熏香荀令偏怜少,傅粉何郎不解愁。"公主当即奖赏。钱起不服,说李端之作出于宿构,不信,换个韵试试?就用我的姓"钱"为韵吧。李端不假思索,提笔就写:"方塘似镜草芊芊,初月如钩未上弦。新开金埒教调马,旧赐铜山许铸钱。"郭暧说:"这首还更好!"钱起这才心服。

宿构既然是普遍现象,人们就想出种种办法加以限制,最常用的一个是限韵。宿构者固然不能料到明天作诗用什么韵,但宿构还是有好处,因为构思有了,调整字句总比从头开始容易。

  古人诗集中常有一些诗，题目标明"口占"或"口号"，意思是即兴而作，随口吟出。这些诗往往比较简短，收入集子，不排除经过了修改。唐初，上官仪做宰相，"尝凌晨入朝，巡洛水堤，步月徐辔，咏诗曰：'脉脉广川流，驱马历长洲。鹊飞山月曙，蝉噪野风秋。'音韵清亮，群公望之，犹神仙焉"。似乎对景有怀，出口成章，但骑马在洛水堤上慢慢走，时间还是相当充足的。《世说新语》说曹丕迫害曹植，让他七步作诗，曹植应声念出那首著名的"煮豆持作羹，漉菽以为汁"。这个故事，无论如何我不信，尽管他才高八斗。

2018 年 4 月 12 日

## 闻风坐相悦

喜欢诗词的人很多,看看如火如荼的央视《中国诗词大会》就知道了,然而好的诗词选注本很少。每逢年轻朋友让我推荐入门书,我都颇费踌躇。比如唐诗,不假思索能举出的,不外乎喻守真的《唐诗三百首详析》,金性尧的《唐诗三百首新注》,社科院文研所的《唐诗选》,加上施蛰存先生的《唐诗百话》。想再多读些,《唐诗鉴赏辞典》和清人沈德潜的《唐诗别裁集》都不错。可是,《唐诗鉴赏辞典》中的文章不是篇篇珠玉,沈德潜这本书没有注释,不知有没有学者替他补上。

我买过一些今人注本,看得出,一些学者是靠工具书和网上搜索来作注释的。释词最好办,一查即得,典故相对难些。查得出就注,查不出的,不注。更难的是诗词中提到的人名和史实,本着知难而退的精神,一般都敬付阙如了。

陈永正先生在《诗注要义》中说，注释典故务必直探本原，找到最初出处。比方说，苏轼常用后汉马援的弟弟马少游的典故。很多人喜爱马少游那段名言："士生一世，但取衣食裁足，乘下泽车，御款段马，为郡掾史，守坟墓，乡里称善人，斯可矣。致求盈余，但自苦尔。"注苏诗，如果不注原始出处，即《后汉书·马援传》，而转引唐人如刘禹锡的诗，当然不合适。《诗注要义》举了《王国维词新释辑评》中的一例。王国维《鹧鸪天》词里有一句"霜高素月慢流天"，注云："素月：明月。晋陶潜《杂诗》之二：'素月出东岭。'流天：在天空中移动。宋赵鼎《乌夜啼》词：'雨余风露凄然，月流天。'"看上去都挺好。可是陈先生指出，素月一词，最早见古乐府《伤歌行》："昭昭素月明。""素月慢流天"，自然是套用南朝谢庄《月赋》里的"白露暧空，素月流天"。两个地方，都没挖到根子上，所以陈先生说，这段注释"破碎而不得要旨"。

问题还不止这些。素月，洁白的月亮。素是白色。释为明月不算错，但略欠准确。素月流天，不是说月亮在天上走，是说月光遍照夜空。因为月光遍照，谢庄后文说，"列宿掩缛，长河韬映"：天上的群星和银河都显得暗淡无光了。瞿蜕园注《月赋》，说"流"的意思是"流泻，照射"，这就贴切多了。

诗文用典，最高明的用法是无迹可寻，就像宋人说的，盐溶在水里，看不见，味道在。可是，既然无迹可寻，注释者也就容易忽略。陈先生说，不容易看出来的典，注者要注出。比如杜甫的《阁夜》："五更鼓角声悲壮，三峡星河影动摇。"李颀《古今诗话》指出，上句用《祢衡传》：挝《渔阳掺》声悲壮；下句用《汉武故事》：星辰影动摇，东方朔谓"民劳之应"。这两个典故，杜甫用得出神入化，"如系风捕影，岂有迹耶？"不明内情的读者，觉得这一联情景交融，知道其中的用典，理解又深了一层。

王瑶教授在回忆朱自清的文章中，提到朱先生读陶渊明诗的一件事。陶诗《饮酒》之五："问君何能尔，心远地自偏。""心远"二字，选本不注。朱自清说，其义本于《庄子·则阳》："故圣人，其穷也，使家人忘其贫；其达也，使王公忘爵禄而化卑；其于物也，与之为娱矣；其于人也，乐物之通而保己焉。……其于人心者，若是其远也。"陶渊明的意思是，只要存着圣人之心，生活在乱世也可自清自远，不受尘污。"心远"一词的这个义项，之前还没人指出过。

一个典故可能有多个源头，注释者应该找出最贴切的，才能帮助读者理解诗意。张九龄《感遇》诗第一首："兰叶春葳蕤，桂华秋皎洁。欣欣此生意，自尔为佳节。谁知林栖者，闻风坐相悦。草木有本心，何求美人折。"这是很有名的诗，"闻风坐相悦"一句，字面意思浅显，文研所编的《唐诗选》就没有加注，其实也有典故。《唐诗鉴赏辞典》的作者注意到了，解释说："'闻风'二字本于《孟子·尽心》篇：'圣人百世之师也，伯夷柳下惠是也，故闻伯夷之风者，顽夫廉，懦夫有立志，闻柳下惠之风者，薄夫敦，鄙夫宽。奋乎百世之上，百世之下闻者莫不兴起也。'"然而这个说法对吗？很遗憾，不对。张九龄的"闻风"出自《庄子·天下》篇，《天下》纵论诸家学术，开头都用这样顿挫有力的句式："不侈于后世，不靡于万物，不晖于数度，以绳墨自矫，而备世之急。古之道术有在于是者，墨翟、禽滑厘闻其风而说之。"这是说墨家。"寂漠无形，变化无常，死与？生与？天地并与？神明往与？芒乎何之？忽乎何适？万物毕罗，莫足以归。古之道术有在于是者，庄周闻其风而说之。"这是说庄周。"说"即悦。不仅诗中的"闻风"对应上了，"悦"字也有了着落。

读诗不仅要弄懂典故，还要将心比心，以意逆志，才能体会作者的深意。刘长卿《碧涧别墅喜皇甫侍御相访》："野桥经雨断，涧水向田分。"写雨后山中景致，纪昀说，这两句不仅写景色，也写"路之难行，以起末二句"。末二句是："不为怜同病，何人到白云。"路难行还肯来，正见出情谊的深厚。

  注诗，说难也不难，静下来，花功夫，天长日久，水到渠成。

2019 年 3 月 14 日

## 不亦快哉

　　金圣叹批《西厢》，读到《拷艳》一折，回忆二十年前与朋友同住，霖雨十日，长夜无聊，比赛赌说平生快事。反复追思，列出三十三个"不亦快哉"，其中多半和节令有关，如"冬夜饮酒，转复寒甚，推窗试看，雪大如手，已积三四寸矣。不亦快哉！""夏日于朱红盘中，自拔快刀，切绿沉西瓜。不亦快哉！""夏月科头赤足，自持凉伞遮日，看壮夫唱吴歌，踏桔槔。水一时奔涌而上，譬如翻银滚雪。不亦快哉！"其他如会友、饮酒、读书，亦是人之常情，读者看了，很容易会心一笑。也有比较特别的，如"朝眠初觉，似闻家人叹息之声，言某人夜来已死。急呼而讯之，正是一城中第一绝有心计人。不亦快哉！"另外一条是："街行见两措大执争一理，既皆目裂颈赤，如不戴天，而又高拱手，低曲腰，满口仍用者也之乎等字。其语刺刺，势将连年不休。忽有壮夫掉臂行来，振威从中一喝而解。不亦快哉！"都可看出作者的性情。

金圣叹批《水浒》，我不怎么喜欢，虽然有说得痛快的地方，大致见解迂腐，带着浓重的八股腔。批点杜甫的诗尤其荒谬，几乎可以和《品花宝鉴》中的女才子大谈唐诗三百首媲美。但这三十三个不亦快哉，有茶酒之后放下架子的洒脱，历来为人喜爱，引起众多仿效。大学时三毛的书正流行，我也附庸风雅，读了几本《梦里花落知多少》之类。三毛就写了一篇《什么都快乐》，文中有二十一个"不亦乐乎"。当时不知道有金圣叹创始在先，很对三毛为文的别具一格赞赏不已。

金圣叹写得较长的几条，仿佛公安派的小品，也像苏东坡的短札。公安派、张岱、李日华、陈眉公，乃至被视为异类的李贽，其小品基本上是从苏轼和黄庭坚的题跋学来的，不过更加用心，因此也更加圆熟而已。金圣叹的选材还是不错的，比起前贤，语言欠点火候。比如这一条："十年别友，抵暮忽至。开门一揖毕，不及问其船来陆来，并不及命其坐床坐榻，少叙寒暄，便自疾趋入内，卑辞叩内子：'君岂有斗酒如东坡妇乎？'内子欣然拔金簪相付，计之可作三日供也。不亦快哉！"明说是模仿苏东坡的。东坡《后赤壁赋》："客曰：'今者薄暮，举网得鱼，巨口细鳞，状如松江之鲈。顾安所得酒乎？'归而谋诸妇。妇曰：'我有斗酒，藏之久矣，以待子不时之需。'于是携酒与鱼，复游于赤壁之下。"文字和趣味，金圣叹相差太远。苏轼只是随手一笔带出，金兄大约是创作，除非太太也把《后赤壁赋》背得滚瓜烂熟，而且颇有意做东坡夫人第二的。

三毛的"不亦乐乎"，以及林语堂诸先生的"不亦快哉"，都没有什么印象了。近读流沙河老先生的《含笑录》，发现也有一篇仿作，叫《不亦乐乎二十四》。其中有几条非常好玩：

"小猫抓挠床下杂物，衔出一张去年遗失的五十元大钞，正好拿去买葡萄酒切卤牛肉全家享受，不亦乐乎？"

"听大报告，躲入会场一隅，坐在'小广播'和'多嘴婆'之间，不亦乐乎？"

"入座静听花花公子宣讲精神文明之重要性，不亦乐乎？"

末后一条使我想起当年参加讲师团到安徽，一小兄弟给大学生作报告，宣讲青年人如何正确谈恋爱。一二三四，甲乙丙丁，头头是道。语毕，一学生起立提问：老师谈过恋爱，有女朋友吗？答曰：没谈过。

流沙河写节令之美，也写人情。写人情，正如金圣叹，不避其俗："邻有泼妇，因厨馔被谁人偷吃了，怀疑我家小孩，便在院中指桑骂槐，语不堪听。忽查明偷嘴者乃其幺儿，当场丢丑，气得顿脚号哭。隔树阴倾听之，不亦乐乎？"这样的内容，以文人自命而求风雅的人大概是不太愿意写的。偶尔提及往事，可与孙犁先生的《书衣文录》和杨绛先生的《干校六记》参看："牛棚半夜睡醒，独对窗前皓月，遥闻管教干部声声鼾鼾，乃偷偷默诵《春江花月夜》，渐渐忘乎其境，竟至背出声来。不亦乐乎？"

流沙河写诗出身，川人，善幽默。又一条说，吃完大桃子，将果核随意埋起来，不料多年之后重经故地，诧然发现桃树已亭亭如盖，春华秋实，嘉惠后人了。淡如素水，细品有味，很像一个比喻，却又无迹可寻。

苏轼的很多诗文，尤其是贬谪到惠州和海南以后所作的，说到的生活小事，多可纳入"不亦快哉"或"不亦乐乎"一类。比如他在惠州，写信给弟弟苏辙，说惠州虽然地僻人少，市井寥落，每天还是会杀一只羊在街上卖。羊肉贵，没办法与人争。与屠夫混熟了，温言好语商量，把脊骨给他留着。骨间有肉，煮熟后趁热捞出来，沥干水分，拿酒泡一下，加少许盐，放火上烤一烤，吃起来味道甚佳。苏轼说："终日抉剔，得铢两于肯綮之间，意甚喜之。"这句话译成白话，就是：整天在骨头缝里剔来剔去，剔出一丝一缕，不亦快哉！《记承天寺夜游》写两个夜深未眠的人踏月散步，也可作如是观。

退回十年，读罢流沙河，兴许会跟着写一篇，不拘多少条，随兴所至，一挥而就。此时面壁伏案，清清泠泠。月华在天，虫声在野，苦茶未凉，出神已久。想出来的，竟然不能出金圣叹之窠臼。想某年夏天在洛阳，午后酒足饭饱，与父母等人在竹席和竹椅上对坐说鬼。窗外蝉声不止，室内空调声嗡嗡，却愈觉旷寂。这一谈，足足谈了小半天。真是不亦快哉！经常逛古钱店，偶尔有意外的惊喜，当然很开心，但比不过多年悬悬于心的疑问，忽然在想不到的杂书，譬如侦探小说中得到解决，也是值得高兴的。

2017 年 8 月 3 日

## 花钱上的东坡诗

清代花钱,有一种带圆孔可供挂系的所谓挂花,一面是简陋的图案,画魁星一手持书,一手执笔,站在一只乌龟背上,寓意独占鳌头。另一面配以诗句:"一色杏花红十里,状元归去马如飞。"后面注明"古句",也有不注明"古句"的。钱为黄铜质,圆形,铸造不甚精美,传世很多。另有一种长方形的钱牌,青铜质,铜色略红,比较稀少,图案是状元骑马归来,后面一仆人跟随。看制作风格,应是宋金时期的,至晚也不晚于元。这个版本,文图呼应,比清人的好。

花钱上的诗句,一直觉得熟悉。睡前看镜谱,看到一面明代镜子,镜背正是这首诗的全文:"云龙山下世宜春,放鹤亭前总乐辉。一色杏花红十里,状元归去马如飞。"说到放鹤亭,这才反应过来,应该与苏轼有关。查书,果然是他的诗,《送蜀人张师厚赴殿试二首》的第二首:"云龙山下试春衣，放鹤亭前送夕晖。一色杏花三十里，新郎君去马如飞。"

唐人称新及第者为新郎君。王定保《唐摭言》："薛监（薛逢）晚年厄于宦途，尝策赢赴朝，值新进士榜下，缀行而出。时进士团所由辈数十人，见逢行李萧条，前导曰：'回避新郎君。'逢辗然，即遣一介语之曰：'报道莫贫相！阿婆三五少年时，也会东涂西抹来。'"每年试期，正值杏花开放，杏花遂被美称为"及第花"。

张师厚字天骥，本是蜀人，苏轼的老乡，隐居在徐州云龙山，就是《放鹤亭记》里写到的"云龙山人张君"。苏轼在徐州做郡守，经常去他那里，在山上小亭饮酒聊天。张师厚养了两只鹤，每天放鹤招鹤，乐在其中。苏轼作文，借此谈了一番做官和隐居的道理。鹤这种"清远闲放，超然于尘埃之外"的鸟，卫懿公爱之成癖，因此亡国；酒能乱性，周公特地作了《酒诰》，告诫帝王不可沉溺其中。然而刘伶、阮籍这些人，因为好酒，不仅保全了性命，还因此名垂后世。所以，"南面之君，虽清远闲放如鹤者，犹不得好，好之则亡其国；而山林遁世之士，虽荒惑败乱如酒者，犹不能为害"。可见做君王和做隐士，各自的快乐不可同日而语。君王的荣华，隐士可以想象；隐士的快乐，君王享受不到。

读过《放鹤亭记》，再读这首诗，有意思的地方在于，张师厚隐士做得好好的，转眼之间，却要去应试。应试若成功，就踏入官场了。苏轼一辈子羡慕闲云野鹤的生活，但一方面，和经国济世的理想相背，另一方面，人要过日子，一味空想填不饱肚子。虽然庄子早有名言，"故圣人，其穷也，使家人忘其贫"，但常年"日用不过君平百钱"，对于一大家口子，总归勉为其难，所以，尽管屡经磨难，还是离不了官场，求田问舍的夙愿到死也未能实现。

苏轼在徐州与张师厚交往亲密，留下诗文多篇，《东坡志林》就有一则："仆在徐州，王子立、子敏皆馆于官舍，而蜀人张师厚来过，二王方年少，吹洞箫饮酒杏花下。明年，余谪黄州，对月独饮，尝有诗云'去年花落在徐州，对月酣歌美清夜。今日黄州见花发，小院闭门风露下。'盖忆与二王饮时也。"

镜铭所引，诗的四句全部有改动。金代耀州窑大瓷罐上抄写这首诗，还只把"新郎君去"改为"新郎归去"，到康熙年间的瓷罐，文字就和明代镜子上的通俗版完全相同了。最后一句里的新郎容易被误解为娶媳妇的新郎官，改为状元，更加通俗易懂，故广为流传，以至戏文里也经常念这几句。前两句的误，可能是因为读音相近的缘故。"世宜春"是"试春衣"的颠倒，但颠倒一字，就失律了，文字也不好。"总乐辉",苏轼的原句"送夕晖",有一种版本作"送落晖",或许因为音近,变成了"总乐辉"。放鹤亭前总乐辉,这有点念不通。

古诗异文多,一方面是流传过程中的抄写之误,另一方面是抄写者,特别是有文化的编书人的随意改动。遇到高手,改动的地方可能比原作还好。今天广为流传的名家名作,很有一些并非原样,是后人不断修改的结果。比如家喻户晓的《静夜思》,李白的原作应该是:"床前看月光,疑是地上霜。举头望山月,低头思故乡。"敦煌抄本的唐诗,字句很多和传本不同,有些是传世本经过了后人的修改,敦煌本保留了唐代的原样;少数是诗作由于作者修改,前后有数稿,造成了文本的差异;还有一些,就是敦煌文书抄写者的改动了。大约民间的修改,总是把过于艰深或文雅之处改得通俗易懂些,最典型的是白居易的《问刘十九》,原本是:"绿蚁新醅酒,红泥小火炉。晚来天欲雪,能饮一杯无。"在唐朝的长沙窑瓷器上就被改为:"二月春醴酒,红泥小火炉。今朝天色好,能饮一杯无。"其中的奥妙,一望可知。

2017 年 8 月 29 日

# 烂柯山，灰姑娘，黄金国

读华盛顿·欧文《见闻札记》中的《瑞普·凡·温克尔》，你自然会想起南朝任昉《述异记》中著名的烂柯山故事。那故事说，在信安郡的石室山，晋朝时候，有个叫王质的人，进山伐木，看见几个童子下棋唱歌。王质就坐在旁边，边看边听，十分入迷。有个童子拿一样好像枣核的东西给他吃，王质含在嘴里，很久也不觉得饥饿。再过一会儿，童子说，你该回去啦。王质起身，惊讶地发现，他斧子的木柄已经烂掉了。回到村里，村里的人一个都不认识。

瑞普的故事框架相同，多了很多细节。瑞普是为了躲避老婆的詈骂而带着心爱的狗进山的，他先是遇到一个服装古怪的老头，肩上扛着酒桶。他帮助老头抬酒桶，沿着山腰狭窄的溪沟小道，攀向高耸的岩石山峰，来到一个山洞，洞中央有一块平地，一群服饰同样古怪的人正在玩九木柱游戏。瑞普跟着喝了酒,不知不觉进入梦乡。等他醒来,已是第二天早晨,他"发现自己躺在那个长满绿草的小土丘上,鸟儿在树丛中欢唱,树叶随着一阵阵清新的山风摇动着"。王质烂掉的那枚斧柄,在此变成了猎枪:"他环顾四周找他的枪,可是找到的不是那支擦得锃亮的,上好了油的猎枪,而是一支年久不用生了锈的枪。"

《述异记》里,王质回家,时移世变,作者只写了四个字:"无复时人。"他认识的人,一个也不在了。《瑞普·凡·温克尔》里,欧文用了充分的细节来表现殖民地时期美国乡村二十年的变迁:英王乔治的画像,换成了华盛顿将军,王制变为共和,而且有了热闹的选举和党派之争。

任昉和欧文的不同,就是所谓小说和原小说的区别,他们之间差了一千多年。

欧洲流行的灰姑娘童话,最早的文字版本出自段成式《酉阳杂俎》中的《叶限》,这是不争的事实。当初看灰姑娘电影,心里暗自奇怪:西方女性讲究束腰,腰勒得太细,呼吸不畅,稍微一激动就会晕过去,而缠足是中国的陋习啊,为何他们也以脚小为裁定美女的标准呢?在童话的某些版本里,灰姑娘的后妈带来的两姐妹,为了穿进那双精致的小鞋,不惜自残双脚,弄得鲜血淋漓的。这故事肯定和中国有关联。中国就是因为崇尚女人脚小,才发展成变态的缠足的。然而在段成式这里,还是有疑问。据说缠足始于五代,而段成式是晚唐人,叶限故事发生在西南一带,西南的少数民族,难道也是小足派,而且做了李后主的窨娘的先驱?

读书有悬疑,生猜想,找根据,得答案,最是乐趣。

伏尔泰推崇中国文化,读过一些有关中国的书,根据元杂剧《赵氏孤儿》写过同名悲剧,就是一个明证。他的中篇哲理小说《老实人》里,写到理想的黄金国,虽然以南美黄金国传说为基础,地理位置也设定在南美,但老实人一行进入黄金国的经过,与陶渊明的《桃花源记》中的渔夫入山非常相似——这是我第一次读就觉得惊奇之处:

"他们在河中漂流了十余里,两岸忽而野花遍地,忽而荒瘠不毛,忽而平坦开朗,忽而危崖高耸。河道越来越阔,终于流入一个险峻可怖、岩石参天的环洞底下。两人大着胆子,让小艇往洞中驶去。……过了一昼夜,他们重见天日……最后,两人看到一片平原,极目无际,四周都是崇山峻岭,高不可攀。"

对比一下《桃花源记》的开头:"缘溪行,忘路之远近。忽逢桃花林,夹岸数百步,中无杂树……林尽水源,便得一山,山有小口,仿佛若有光。便舍船,从口入。初极狭,才通人。复行数十步,豁然开朗。土地平旷,屋舍俨然……"

不少地方宛然对译。

伏尔泰和陶渊明的理想世界，共同点是清静无为，生活富足，人人平等。陶渊明生于战乱之世，本着老子小国寡民的思想，希望一个与世隔绝的和平安宁之地，对于政治，只提了一句"秋熟靡王税"。伏尔泰则把炮火对准宗教专制和思想禁锢。书中老实人问黄金国的告老大臣："怎么，你们没有修士专管传教、争辩、统治、弄权窃柄、把意见不同的人活活烧死吗？"大臣非常诧异："那我们不是发疯了吗？"

就像欧文在故事中添加了怕老婆等一系列幽默的细节一样，伏尔泰对于黄金国，也有奇妙的想象，颇足解颐。比如他写平原上驾车的是高大的红绵羊，胜过最好的骏马。绿草红羊，想想这画面该有多美！他写黄金国酒店的一餐，上桌的美食先是四盘汤，每盘汤里两只鹦鹉。白煮神鹰，那神鹰一只便足足两百磅。然后是三百只蜂雀，外加六百只小雀，更奇的是，还有"两只香美异常的烤猴子"！

2017 年 3 月 15 日

# 侦探小说

赵南星在《笑赞》里讲了个故事：有个给人占卜算命的人，痛恨儿子不肯学艺，将来子承父业，对他责骂不已。儿子反驳说：算命有什么难的，还用学？第二天，是个风雨交加的日子，不料竟然有客上门。父亲想，儿子既然吹牛，不妨让他试试。儿子当即问来客：你是从东北方来的吧？客人说是。又问：姓张？客人说是。儿子再问：你来，是为了太太的事情吧？对方又一次点头。卜算完毕，客人满意而去。父亲大为惊奇，问儿子：客人的事，你怎么事先都知道？儿子笑笑说：这不很明显嘛，今天刮的是东北风，客人肩背都湿透了，说明他是顺风而行，自然是从东北方来的；再者，他的雨伞柄上刻着清河郡，清河是张姓的地望，不姓张姓什么；这么大的雨天，不是老婆大人的事，谁肯辛辛苦苦跑一趟？

儿子的这段分析，正是福尔摩斯的惯技。好的侦探，无非是善于观察,注意到寻常人容易疏略之处,又熟悉人情物理,窥面听言,能看破言行背后的隐私,以此把零散的事实粘接在一起,推导出可能的真相。

柯南·道尔创造福尔摩斯,是以他认识的贝尔医生为原型的,贝尔分析事理,给他留下深刻印象;异乎常人的独特性格,则借鉴了爱伦·坡笔下的学者型侦探奥古斯特·杜宾。杜宾博览群书,智力超群,福尔摩斯则在这文的一面之外,增加了强悍的打斗能力,但归根结底,仍以斗智为上,这和后来硬汉派私家侦探的走街串巷,经常被打得鼻青脸肿大异其趣。

生活中的人总有这样那样的隐私,不见得邪恶或卑鄙。有人出于自尊,有人出于羞怯,还有的人,如作曲家勃拉姆斯,资助朋友,托人转手,从不让受惠者知道,这是为他人着想。有些隐私,依世俗可能显得怪异,其实只是一点癖好,未必就是洪水猛兽。贪婪、欺骗和阴谋也是有的,人世如一个野外大花园,不能看见花,便只想到蝴蝶和蜜蜂,花丛里有毒虫,也有蛇蝎,这正是大自然的包容和丰富。

在阿加莎·克里斯蒂的侦探小说里,纷纭的线索里头,多有虚假的证词和掩饰的行为。侦探波洛在使用这些线索时,还需要一项更细心的劳动:甄别材料的真伪。采纳了假的材料,结论不仅如沙上建塔,还会伤害无辜。这在很多方面，道理相同，譬如历史尤其是近代史的研究。克里斯蒂是女作家，较之男作家，对于人情事故，或者有更敏感和体察入微的长处，否则她也写不出一个像马普尔小姐那样混迹于乡村的长舌妇中间，从风言风语中寻找事实的蛛丝马迹的老小姐业余侦探。

克里斯蒂笔下的人物，如前所述，差不多每个都有隐私，虽然最终大部分被证实与案件无关，但读者由此窥见了人的复杂性。克里斯蒂小说的魅力，很大程度上得力于这方面的刻画。

正因为这样，在现实生活中，一个像波洛那样明察秋毫的人是不受欢迎的。很多情况下，犯案者未必就是十恶不赦的恶棍，一件杀人案的侦破，未必就是民众乐意相信的"正义的实现"。幸好柯南·道尔和克里斯蒂们足够聪明，知道不能总依常规行事，否则，福尔摩斯和波洛将堕落为帮凶甚至本身就是恶棍了。于是，在《东方快车谋杀案》里，波洛就放了复仇者们一马，因为他们代表的才是正义。

前些日子，重温了日本推理剧《古畑任三郎》。其中有一集，杀人者是一个能言善辩的著名律师，被害人是他中学女同学。古畑在调查时，律师声称已很多年没和被害者联系，但迹象表明，他是最大的嫌疑人。在没有找到证据之前，古畑绞尽脑汁给他挖坑，引诱他犯错。比如说，晚上去案发现场，即被害人家中，邀请律师一起去。古畑不开车，坐了律师的车去。到十字路口，古畑故意不吭声，看律师是否转向正确的方向，转对了，表示他认识路。律师精明，没有上当，问古畑该怎么走。进了公寓楼，要按门铃。古畑故意蹲下系鞋带，看律师怎么办。律师仍然没有上当，镇定地问古畑，被害人的门牌号是多少。

凶手后来还是得到了惩罚，但我看完这一集，不免感叹。人要玩心眼，那心眼该多恐怖。坏人被侦探玩弄于股掌之上，观众自然看得开心，然而生活中，更经常的情形是善良的人被戏弄。勾心斗角，胜利者往往是狡诈狠辣的一方。文学作品中，青天湛湛，善恶有报，但历史给我们的印象，差不多正好相反。

文艺作品里的侦探，是智慧和正义的化身，这是一个根本性的设定。杜宾纯粹为乐趣而破案，福尔摩斯和波洛以此为生，至于那些警长和检察官们，破案是他们的本职。无论身份为何，这一设定不变。侦探小说的娱乐性就建立在这个基础上。在侦探小说里，世界是可以理解的，而且由于理性而显得单纯。或如博尔赫斯所说，在那里，世界还难得地具有"秩序和逻辑"。在把世界单纯化这一方面，侦探小说与童话无异，而历史学家也总以童话／侦探小说的方式处理历史。然而我们不能忘记的一点是，侦探是人。

是人，就有一切类型，有一切类型的行为。他们异乎寻常的技能，是一把锋利的双刃剑。对于任何太锋利的东西，我们难免不怀一点戒心。

2018 年 10 月 19 日

# 另一种现实

马尔克斯在接受采访时多次谈到,他年轻时,还在大学读法律,一位开书店的朋友埃斯皮诺萨把卡夫卡的《变形记》借给他。马尔克斯回到宿舍,躺在床上看起来。读完合上书,马尔克斯说:"老天,我从来不知道小说还可以这样写!如果可以,我也能写。"他说:"我猛然明白了,在文学作品中,除了直到那时我在中学课本中学到的正常和学究式的描述以外,还另有用武的天地。"

更有意思的是,马尔克斯发现,一个现代捷克德语作家最令人惊奇的小说,其叙事方式细想又非常自然,因为他的"外祖母就是这样讲故事的",以最自然的口吻讲述最难以置信的事情:"她不动声色地给我讲述许多令人毛骨悚然的故事,绘声绘色,滔滔不绝,好像是她刚刚亲眼所见。我正是采用外祖母的方法创作了《百年孤独》。"

读完《变形记》的第二天,马尔克斯就写了他的第一篇小说《第三次无奈》。以后收集在《蓝宝石般的眼睛》一书里的，都是富有卡夫卡特色的小说。

卡夫卡式小说与过去正统小说的不同，在于对现实的认识和文学作品中对现实的处理。马尔克斯说，小说中的现实，"不是生活中的现实"。"最重要的问题是打破看来是真实的事物和看来是神奇的事物之间的界限。因为在我试图表现的世界上，这种界限是不存在的。但是需要一种令人信服的调子。由于语调的可信性，使得不那么可信的事也变得真实可信了，而且不会破坏故事的完整性。此外，语言也是一个实质性的问题，因为真实的事物不会由于它是真实的事物而使人信服，而是由于讲述它的方式。"

这种可信的调子，就是外祖母讲故事时那种绝对的自信：即使天塌下来也不改变的平静，任何时候都不怀疑所讲述的事情，无论是最轻浮的事情还是最可怖的事情。其次，简单地讲故事，借助日常事物表现神奇的现象。这需要冷静，也需要想象力，冷静的态度和想象力，使得最神奇的故事显得不容置疑。这一点，正是《变形记》了不起的地方。

马尔克斯说，《变形记》开头的几句话，他多少年后还能记得一字不差：

"一天早晨，格里高利·萨姆沙从不安的睡梦中醒来，发现自己躺在床上变成了一只巨大的甲虫。他仰卧着，那坚硬的像铁甲一般的背贴着床,他稍稍抬了抬头,便看见自己那穹顶似的棕色肚子分成了好多块弧形的硬片,被子几乎盖不住肚子尖,都快滑下来了。比起偌大的身驱来,他那许多只腿真是细得可怜,都在他眼前无可奈何地舞动着。"

在卡夫卡这里,格里高利变成甲虫是不容置疑的事,不需要先决条件,也不需要过程,因为它是现实的必然结果。不是一种可能性,是既定的现实。发生就发生了,没有置疑的余地。因此,格里高利变成了甲虫,这是故事中最没有悬念的部分,其他所有情节都建立于这个基础上,就像在《百年孤独》中,俏姑娘雷梅苔丝一定会飞上天一样。马尔克斯说,马孔多小镇留不住雷梅苔丝,作为小说家,他的任务不过是为雷梅苔丝飞上天安排一个更可信的细节而已。(他后来看见晾晒着的床单在风中飘扬,顿时得到启发,让雷梅苔丝被床单裹着飞走。一个平凡真实的细节和一个超现实的情节结合,使得超现实的情节有了最真实的外衣。)

卡夫卡当然也是这样。在他那些荒唐无稽的故事里,常常有着最真实和细致的细节:格里高利"觉得肚子上有点儿痒,就慢慢地挪动身子,靠近床头,好让自己头抬起来更容易些;他看清了发痒的地方,那儿布满着白色的小斑点,他不明白这是怎么回事,想用一条腿去搔一搔,可是马上又缩了回来，因为这一碰使他浑身起了一阵寒颤"。《地洞》写一只无名的小动物惶惶不可终日的生活，地下洞穴的日常生活细节，细到你阅读时会觉得，卡夫卡的前世，一定是一只神经质的田鼠。

卡夫卡的小说里有大量这样没有"合理说服力"的故事，其中的人物，无论是死后躺在船上满世界漂流的猎人，还是被家中一对跳动的球缠扰不已的老单身汉，仿佛生活在一个完全不在乎现实世界的物理性质和因果逻辑的世界。那种我们无法以常规经验理解的荒诞性，正是我们世界的所谓合理性在更高层面上的真实反映。

《变形记》一开头，卡夫卡就提醒读者，格里高利是在梦里变成甲虫的。梦里发生的事，按理醒来就会消失。然而格里高利醒来之后，仍然是一只甲虫，而且是更明确地看到这个事实。梦可以醒，醒却如何？醒着时是甲虫，难道可以通过回到梦里，而且永不苏醒来摆脱这样的异变吗？当然不行。于是，格里高利的遭遇，无论多么悲惨和离奇，都是现实的必然，一个朴素的现实。

2016 年 8 月 23 日

## 弥尔顿的玫瑰

人总是善意地希望世界再简单一点,万事万物,分成光明和黑暗。可是,哪有这样非此即彼的好事呢?即使光明和黑暗归根结底不过是一个比喻,它仍然是误导性的,甚至是危险的。我们什么时候见识过绝对的光明?即使在晴朗的夏日,艳阳高照,蓝天白云,这光明还是有限的。在正午直视太阳,虽是有限的光明,眼睛必被灼伤。坐在树荫下肯定比坐在太阳表面好。一切都是相对的,从来没有普适的道理。轻度的黑暗予人温柔之感,深一些就带来恐惧了。

弗罗斯特说,世界的毁灭有两种方式,不是毁于火就是毁于冰,这是对的。但他接着说,作为毁灭的力量,他觉得冰比火更有力,这就未必。任何事物的极端都是令人恐怖的。如果只有善,世界肯定早就不存在了。只有恶亦然。事实上,善和恶都不可能单独存在,它们相互依赖,相互映照,它们之间是爱的关系,假如爱有相互怜惜和尊重的意思。相反的事物，成就我们，伤害我们，彼此相同，不多也不少。而且明与暗，善与恶，还可以互假对方的名义出现。世上没有平直的道路，道路最终都是一个圆，物极必反，开始就是终结，最相反的事物在另一个方向，是同一个东西。

人的一生总归要留下什么，留下庄园、资产、丰富的收藏，留下可继承的爵位和官职，最不济的，也在相识者心头留下短暂的记忆。我不相信我为数不多的藏书会一直被珍藏，尽管那上面有我的签名、勾划、批语和指尖印下的看不见的汗迹。那些打字稿、剪报和更早的手写稿，也迟早会被丢弃。我会留下几百万文字，和很少的被印在书中的照片。如果网络能永久保存它上面的东西，我在网上的文字和图片还是可观的。这些是看得见的东西，更珍贵的是看不见的，那就是留在我心中的记忆。

很多年前，看过一幅画，失明的约翰·弥尔顿坐在椅子上，对着女儿口述《失乐园》(大概是传说)。弥尔顿一身黑衣，左手搭在椅子扶手上，右手揪着上衣的扣子。低头，表情严肃而痛苦。三位姑娘，一位站着，两位坐着，目光齐齐地投注在他身上。占据了画面主要位置的一位，坐在画面右前方，面前摊开纸张，一手执笔，微微抬头，等着父亲的口述。在深色的背景和暗红色的地毯的陪衬下，在弥尔顿头发和衣服的黑色的对比下，姑娘淡橄榄色的裙袍成了画面的明亮的部分,而这种明亮一点也不耀眼,非常沉静和柔和。

画面的总体气氛是恬静的,但潜在地,有温馨和悲壮交织在一起,这三者融合起来,形成一种庄严感——那是创造的庄严。

弥尔顿,博尔赫斯,陈寅恪,都是失明后还在写作的人。我难以假设一旦失明我还能做什么。虽然喜爱音乐,但我对失聪一点也不担心。我年轻时有轻度中耳炎,其后几十年里,戴耳机听管弦乐,我的听力正常,但谈不上敏锐。不敏锐其实挺好,它淡化和隔绝了生活中无处不在的喧嚣,消解了声音的锐利,给我更多的安静。

但我不能在黑暗中思考。我害怕黑暗,从小就这样。

博尔赫斯相信柏拉图的话,只有理念的世界才是真实的,是本质的,也是永恒的。文字是接近那个不变的世界的最可能的一条路。一代代的流传即使不是永恒,也分享了永恒的一点美好品质,就像我们分享到的花的芬芳。文学艺术给人的最大安慰,就是这一点细微的分享吧。关于弥尔顿,博尔赫斯写了一首十四行诗——他最好的十四行诗之一,《玫瑰与弥尔顿》:

> 散落在时间尽头的

一代代玫瑰，我但愿这里面有一朵

能够免遭我们的遗忘，

一朵没有标记和符号的玫瑰

在曾经有过的事物之间。命运

赋予我特权，让我第一次

道出这沉默的花朵，最后的玫瑰

弥尔顿曾将它凑近眼前，

而看不见。哦你这绯红，橙黄

或纯白的花，出自消逝的花园，

你远古的往昔如魔法般留存

在这首诗里闪亮，

黄金，血，象牙或是阴影

如在他的手中，看不见的玫瑰呵。（陈东飚译）

弥尔顿为自己的失明写过《哀失明》，也是十四行诗。那首诗真正是"哀而不伤，怨而不怒"，哀怨一闪而过，很快转为庄严的陈述：

上帝从不曾需要

人类的劳作和贡献；谁最能接受

他微柔的羁负，便是最好的侍奉。（张崇殷译）

意思颇近于孟子"故天将降大任于是人也,必先苦其心志"的名言。歌德写浮士德失明后的咏叹,显然受到弥尔顿此诗的影响:"我为千百万人开疆辟土,虽然还不安定,却可以自由活动而居住。""这是智慧的最后结论:人必须每天每日去争取生活与自由,才配有自由与生活的享受。""人要立定脚跟,向四周环顾:这世界对于有为者并不默然。"句句都是对弥尔顿的回应。因为《哀失明》,博尔赫斯也特意选择了十四行诗体写他对弥尔顿的钦慕和赞颂。

曼哈顿四十二街的大图书馆里,挂着一幅弥尔顿向三个女儿口授《失乐园》的油画,不知是否原作,也不知是否就是多年前在书上看到的那一幅。歌德的《浮士德》一直在我书架上摆着,是最喜爱的郭沫若译本,来自一位朋友的馈赠。《浮士德》读过的遍数并不多,然而十九二十岁时读过,印象太深,许多句子呼之即出,它们给了我一辈子的鼓励。

诚如先哲所言,毕生的寻求和期望,都凝缩为弥尔顿留下的那朵玫瑰:所有好的欲望都归于向往。

2018 年 12 月 6 日改定

# 大象卷起的门牙

　　爱伦堡在《人·岁月·生活》中回忆与马蒂斯谈艺，论及现代绘画的起源。法国作家阿拉贡认为现代绘画是从库尔贝开始的。再晚一些，也可以说是从马奈开始的。马蒂斯不以为然，说也许要早得多，是从照相术发明开始的。"照相发明后就不再需要写实的绘画了。无论画家如何力求客观，在摄影机镜头面前也只能低头认输。"马蒂斯说，想知道安格尔的长相，必须看他的自画像，看大卫和其他画家给他画的肖像，然而每个人都和别人画的不一样，因此，"我至今不知道安格尔的嘴是什么样子的"。但他很容易就"从银版照相和普通相片上认识了雨果"。艺术在追求逼真上显然不如照相，问题是，艺术也不需要照相式的真实。

　　交谈中，马蒂斯拿出一件非洲黑人的雕刻作品给爱伦堡看，那是一头"非常富于表情的、怒气冲冲的"大象。

他问爱伦堡,这雕像怎么样,有没有不妥之处。爱伦堡回答,雕像很好,我很喜欢。马蒂斯说:"我也这么认为。可是来了一个欧洲的传教士,他开始教导黑人:为什么大象的门牙朝上?大象会把鼻子卷起,可门牙是牙齿,它们是不会动的。黑人听从了……"马蒂斯再按一下电铃:"丽姬亚,把另一个大象拿来。"他笑着把一个与在欧洲商店里出售的工艺品相似的小雕像递给客人看:"门牙回到了原来的位置,可是艺术却完蛋了。"

马蒂斯很感慨地说:"我研究过解剖学,要是我想知道大象的种类,我可以看照片。但我们画家都知道,大象的门牙是可以向上举起的……"

爱伦堡在书中还讲到英年早逝的意大利画家莫迪利亚尼。"有人说,莫迪利亚尼轻视自然,他画的女人,不是脖子太长就是手臂太长。似乎一幅画就是一册解剖学图标。难道思想和情感不能使比例改变么?如果说莫迪利亚尼不知道脖子上的颈椎骨有多少,那是十分可笑的。"爱伦堡说,画家不是生活的冷眼旁观者,他和笔下的那些人物是生活在一起的,他的画写出了他们的爱情、痛苦和忧伤。

马蒂斯的故事使我想起苏东坡画竹。在《文与可画筼筜谷偃竹记》里,苏东坡写道:"竹之始生,一寸之萌耳,而节叶具焉。自蜩腹蛇蚹以至于剑拔十寻者，生而有之也。今画者乃节节而为之，叶叶而累之，岂复有竹乎？故画竹必先得成竹于胸中，执笔熟视，乃见其所欲画者，急起从之，振笔直遂，以追其所见，如兔起鹘落，少纵则逝矣。"他说，竹子一长出来，竹节，叶子，都已经有了，长到几尺几丈，还是如此。画竹子，一气呵成最好，不必一节一节地，一叶一叶地画。他的好友米芾说，东坡画墨竹，从地一直起到顶，不分节。一般人画竹，不是这样。米芾问他，为什么不逐节分开画，他反问米芾："竹生时何尝逐节生？"

王水照先生的《苏轼选集》收入此文，文后摘录历代的讨论资料，其中明人俞弁的《逸老堂诗话》中有一条："少师杨文贞公（杨士奇）尝曰：'东坡竹妙而不真，息斋竹真而不妙。'盖坡公成于兔起鹘落须臾之间，而息斋所谓'节节而为之，叶叶而累之者'也。专以画为事者，乃如是尔。今人有得东坡竹，其枝叶逼真者，大率伪尔。"

所谓"妙而不真"与"真而不妙"，正是亚里士多德两千多年前在《诗学》里反复强调过的："一件不可能发生但却可信的事，比一件可能发生但却不可信的事更为可取。"真实性与艺术性不是一回事，文学艺术中的真实，不等于现实的真实。中国绘画讲神似，不求形似，也是同样意思。

绘画可以作为实用的技艺。在照相还没发明的时代，画家担负着为帝王贵族和名流写真的任务，有些重大的历史事件，还会召来画家写实。远国进献的珍禽异兽，也让画家为它们留下永久的形象，比如丢勒就画过几乎像照片一样精细的犀牛像。文字在这方面，命运与绘画相同。中国的古文，相当一部分是实用文体。文人很多做过高官，文集里的公文自然不少。受委托为人撰写墓碑和为人画像一样，也能得到很高的报酬。这些并非为艺术的文和画，既有毫无文学和艺术价值的，也有文学和艺术价值很高的。

时至今日，没有人再把各种通告、社论、启事、申请书、检讨、自供当作文学作品，文学或者有意反映现实，或者无意而实际上仍然反映了现实，最重要的一点，是首先要承认它的艺术特性。否则，思想再深刻，不过是一句政治或哲学口号，揭示的社会现实再淋漓尽致，不过是一篇深度报道。文学艺术作为任何非文学势力的附庸，即使赢得了一时的光荣，这光荣也并不属于文学艺术本身。一部小说诚然起不到林肯的葛底斯堡演说或《独立宣言》的作用，但葛底斯堡演说和《独立宣言》也代替不了爱伦·坡和惠特曼，正如打败拿破仑的库图佐夫和威灵顿，无论历史功勋多大，都代替不了莎士比亚和托尔斯泰。

因此，艺术就是艺术，它先要成为艺术，然后才能成为"时代的反映""人类生存状况的描述""美的教育"，以及其他一切。

2018 年 7 月 16 日

## 不知命，无以为君子

有个朋友酷爱《红与黑》，自云在他眼里，身边的人分为两类：读过《红与黑》的，和没读过《红与黑》的。按照他的逻辑，我也可以说，世上有读过《论语》的人，也有没读过《论语》的人。读没读过，无关考级和升迁，更不妨碍做人和过日子。其中有何区别，这也很难说。人是复杂的，简单到生活中最细微之事，也难免百般歧义。比如吃，有人无辣不欢，有人疾辣如仇，所以古代有糊涂官因自己最恨肥肉而对犯法者惩之以吃肥肉的故事。犹有甚者，遇到有人非跟你说太阳是灰色的，而且是三角形的，你能拿他怎样？就此而言，读没读过《论语》，完全可以说没有区别，尽管实际上可能有。

说到读，又是一锅烂糨糊。读而不懂，读而并不因此明白了更多道理，或者懂得了道理，却不遵守施行，更别提深厚其学养，陶冶其性情了。这些都做不到，好比猪八戒吃人参果，读了等于白读。有人不仅读过《论语》，还以此为生，讲学著书，你若据此认为该先生一定"读"过《论语》，那就太天真了。换了我，还是将其归入没读过那一类。理由就一条。孔子说，知之为知之，不知为不知，是知也。如果读过《论语》，知道这段话，哪里还好意思满世界信口开河去？

从这里可以推出两点。第一，知易行难。知已属不易，但行，显然更难。大道理挂在嘴边，借以教训他人，要求他人，再便利不过，自己肯依理去做的，万中无一。不明理，尚可教；不肯明理，神仙也拿他没办法。偏偏世上不讲理的，十之八九是后者。第二，越是简单的道理，越不容易做到。简单的道理，妇孺皆知，可以说是常识。思想家憧憬和虚构一个美好世界，无须繁复的哲学理论，无须约法三千章，无须苦口婆心的教诲，只要尊重常识就够了。反之，那些深奥的、堂而皇之的、玄之又玄的理论，一则距离现实太远，与"黎民黔首"无涉，做与不做，似无意义；二则道理既然玄奥，玄奥多半模棱两可，那么，做到和没有做到，也就说不清楚了。孟子讲过一个故事：有人每天偷邻居一只鸡，现在悔改，两天偷一只。虽然孟老夫子不满意，但毕竟有所改善。今后一只不偷，则善莫大焉。偷鸡这种事，改与不改，改了多少，一目了然。但假如一个人告诉你，他修行日进，已然彻悟，心中不仅"无我相、无人相"，连"众生相、寿者相"一并皆无。是真是假，如何验证？

人做一个好人，社会成一个祥和的社会，说起来，要求不高，重要的一点，就是尊重常识。《论语》是一本朴素的书，所思至深而所言至简。比如说，我最佩服孔子这句话：己所不欲，勿施于人。意思够明白，够简单吧——你自己不情愿的，不喜欢的，不要加在别人身上。在我看来，这根本不算什么要求。我不喜欢被人骂，所以我不骂人；我尊重自己，所以也尊重别人；我不愿意喜欢的东西被人劫夺，所以从不劫夺他人之爱物——然而在现实中，这个算不上要求的要求，凌厉果决的秦始皇做不到，流氓无赖的汉高祖做不到，永远自信的汉武帝做不到，下到一州之守，一乡之父老，直到一家之长，任何两个人以上的人际关系中的一方，不管有无权力和权威，也多半做不到。相反，常见的情形是：越是自己不能忍受和承受的，越是自己深恶痛绝的，越要加诸他人。

很多事，无须从国家和政治层面去探究，只从日常生活，从普通人身上，从自己身边看一看，就不难洞悉其本质。我有时想，政治学的很多伟大原理，揆之于家庭和其他社会结构，若合符节，那么，这些原理也许本就是由此引申出来的。儒家说修齐治平，修身齐家是治国平天下的基础，讲得真是太透彻了。大到经国治世，小到家庭和人际交往，看似云泥之别，背后的决定因素无二，都是人性。

儒家梦想天下大同，但从《论语》里看，孔子对乌托邦并不如我们想象的那么热衷，他的乌托邦是复古。古是否真像他说得那么好，他是否真心以为好，我们不得而知，大约只是借事说事。救世，明知不可为而为之，所以《论语》中的隐士，在讥笑他不识时务的同时，又怜惜他，敬佩他。一个人怀着善意和崇高理想逆时代潮流而动，无论如何是值得尊重的，何况这徒劳中还有着几分悲壮呢。

乌托邦为理想而求整齐划一，孔子也许意识到了其中不可避免的悖谬。试想没有权力，如何"惩恶扬善"？莎士比亚的戏剧《暴风雨》里，老好人大臣贡柴罗要建立这样一个乌托邦：在他的国家，禁止一切贸易，不设地方官，没有文学，消除富贫之分和雇佣关系，所有的人都不做事，而且，没有君主。这种梦话，立刻遭到深知权力之要害的篡位者安东尼奥和阴谋篡位者西巴斯辛的嘲笑。安东尼奥说得尤其一针见血：他的理想国的后面部分把开头的部分忘了。可不是吗，没有国王，没有官员，下令禁止这个禁止那个的又是谁呢？

托马斯·莫尔的书里，遍地宝石无人捡拾，黄金遭人鄙夷，只配用来做镣铐。黄金的镣铐也是镣铐，照样沉重，照样会磨破囚徒的脚脖子。乌托邦缥缈虚幻的世界，到底投下了暴力的影子。什么是恶，什么是善？标准谁定，谁说了算？莎剧《爱的徒劳》里，纳瓦尔国王以求知为上善，与臣下约定三年，节食少眠，远离女人，专心读书。他规定，任何女子不得进入其宫廷一里之内，违者割去舌头。对相应的男性，也有处罚。这些严厉的措施，幸亏后来并没有实施——国王自己也身坠爱河不能自拔了。

纳瓦尔国王要把他的蕙尔小邦变成"全世界景仰的地方"，他的宫廷要成为"一个小小的学院，静静地研讨人生哲学"。听起来何尝不美，大可媲美《论语》中的先例："子之武城，闻弦歌之声。夫子莞尔而笑，曰：'割鸡焉用牛刀？'"他的近臣俾隆就不以为然，反驳说："一切愉快都是虚幻的，最大的虚幻却是费尽辛劳，到头来只落得一场没趣。你捧着一本书苦读，为的是追寻真理的光明，光明没得到，你的眼睛反而先失明了。"

你看，即使是读书这样的好事，利己而又毫不损人，除了时间，不用投入任何资本，境域深广又纯洁如石上的苔藓，不闻喧嚣，无声色犬马之迷乱，即使是这样的好事，也不能强加给别人。

孔子盛年，有诛少正卯的传闻，不知是否真有其事。假如有，他老人家未免太疾恶如仇，也未免太不自信了。

当然了，他的不自信不是对自己，而是对民众。一个伪君子和一个君子，同样振臂一呼，得山鸣谷应的，未必是那个君子。大众相信的是言辞，而非本质。到孔子老了，对少正卯这样的"异端"，也许会换一种处理方式。《为政》篇里说："攻乎异端，斯害也已。"这句名言，有各种解释，我学问不够，只好意气用事，认同刘鹗在《老残游记》里"别出心裁"的说法：不容忍与己不同的观点，本身就是有害的。乌托邦是一把双刃剑，认识到这一点，孔子大约能更"同情地"理解源出老子的桃花源式的理想吧。经过陶渊明，桃花源变成了避世的仙国。陶渊明的要求不高：远离兵火，摆脱压制，顺应内心，怡然自乐。孔孟讲天下大同，强调礼乐，强调德，然而我们知道，德是好东西，可惜只能律己，不能律人。德只对君子有意义，而君子基本上是一个理想，放眼茫茫，大海里的几根针而已。到最后，孔子不得不感叹，道不行，他要"乘桴浮于海"了。

在《论语》全书的最后一条，孔子说了这样一句话："不知命，无以为君子。"早先他已经说过，五十知天命。还说，五十以学《易》，可以无大过。知命不是彻底消极，彻底放弃，知命是尽人事，听天命。要知道，儒者永远是自强不息的。"民，吾同胞；物，吾与也。""凡天下疲癃、残疾、茕独、鳏寡，皆吾兄弟之颠连而无告者也。"这是何等胸怀。

不能兼济，起码可以独善。古人不如今人长寿，五十算是高龄了，尽管孔子活了七十二岁。朱熹注引尹氏之言："弟子记此以终篇，得无意乎？"孔子这些话，都有"最后的话"的意味。用今天流行的说法，是晚年定论。

这就是我再读《论语》后的一点感想。

2018 年 3 月 10 日

## 寓物不留物

早晨坐在图书馆二楼喝咖啡,窗外落叶飞舞不止,虽然天清气朗,到底遍生寒意。大部分的树已经光秃秃的,一些剪得像走了形的大馒头的雪杉之类,还懒散地披着一身绿衣,但也经不起细看了。凝固不动的砖楼,旗杆上低垂的旗子,街角长椅脚边残余的脏雪,透着不安分的寂静。一大群鸟就在这上面的天空里,飞过来飞过去,褪色的布片一样抛撒开来,又迅速收拢,几经回旋,终于消失得无影无踪。

往年深秋月份,园林工人会在楼前脏兮兮的花圃里种上小菊花,今年不知为何,一棵没种。花圃经过清理,不生野草,没花,就只剩下裸露的黑土。

随意读着冯应榴的东坡诗合注时,想着为新书取个名字,东坡的"隔海清光与子分",写给弟弟子由,"隔海清光"四个字,虽然不错,但觉得不像书名,也不能涵盖书的内容。后来想了"天渊风雨",出自宋诗,是写秋意的,仍旧不十分满意。思路跟着情绪,走来走去,都是大同小异的路。人的爱好是天性,多少年的熏陶也改变不了,尤其是对于事物有了成见而且对这成见很有自信之后。尝与人言,喝茶当然好,若只一味喝茶,未免清苦。隔三岔五,去咖啡馆坐坐,换换口味,不也很闲散吗?有人担心咖啡上瘾,其实不然。我每天早晨一杯咖啡,喝的时候觉得舒服,不喝也不会想它。回国的日子,四下奔波,短则二十天,长则月余,只有茶酒果汁,甚至白开水,也没觉得不习惯。写文章,读书,见事,都是如此。只要不违心,怎么都可以。

东坡有一首赠给吴德仁和陈季常的诗,大约是为寻访吴氏不遇而作的。前面十二句,分别写他和吴陈三个人,每人四句。写陈季常的四句,是"河东狮吼"典故的出处,广为人知:"龙丘居士亦可怜,谈空说有夜不眠。忽闻河东狮子吼,拄杖落手心茫然。"如来作狮子吼,意在警醒大众。柳氏夫人效颦,真如某些人以为的,不是她蛮悍,而是她对佛法的理解,比陈公子高明多少倍吗?倘若如此,季常该是多大的福分?东坡和黄庭坚替他担忧,岂不是闲操心?《醒世姻缘传》的男主角狄希陈,居然羡慕陈季常,想做陈季常第二,莫非也是看到了这一层?但既然是好事,奇才异能的陈季常为何茫然?

诗开头说自己："东坡先生无一钱，十年家火烧凡铅。黄金可成河可塞，只有霜鬓无由玄。"没有钱还要烧铅，岂不是自寻烦恼吗？我猜想东坡的意思，不过是借玩物而丧志，免得把自己整得太累。李白炼丹，寄意于神仙世界，仿佛随身携了利器，夜行壮胆，因此敢于对现世一切令人眼花缭乱之物表示轻蔑。东坡十年家火，如同他食蜜，试验红烧肉，玩丹砂，意不在此而徒有其表。他肝火旺盛，多年受痔疮折磨，贬谪海南岛，大概又染上了湿毒，最终死于北返途中。丹砂之类，用处到底有限。

写到吴德仁，便有羡慕向往之情，不仅自己，也替陈季常拉一个典范："谁似濮阳公子贤，饮酒食肉自得仙。平生寓物不留物，在家学得忘家禅。"以平常心得释家神髓，就像天资绝高的鲁智深一样，静心无染，妙悟天成。他不打坐，不读经，不远离尘嚣，而饮酒吃肉，杀人放火，无一不是修炼。

平生寓物不留物，注释引东坡自己为王诜所作的《宝绘堂记》："君子可以寓意于物，而不可以留意于物。寓意于物，虽微物足以为乐，虽尤物不足以为病。留意于物，虽微物足以为病，虽尤物不足以为乐。"这话对于像我这样的人，再贴心不过。十多年前，见到心仪之物，朝思暮想，不能割舍。广东老友每次带回的古钱佳品，多数先过我手，十几枚品相一流的清朝母钱，只能买一两枚，权当屠门大嚼。现在是看淡多了。对于几亿元买名画的人，东坡的话便听似狗屁不通。

宝绘堂为王诜藏画处。王诜是画家、书法家、收藏家，词也写得清秀。因交好苏轼，乌台诗案中受到牵连。东坡在《和王晋卿并叙》中说，王诜身为贵介子弟而风骨凛然，他唱和王诗，正要使其名存于自己文集中。

东坡在《宝绘堂记》中还说：他年轻时，喜爱书画，家中有的，唯恐失去，别人手上的，做梦都想得到。后来觉得这样很荒唐："吾薄富贵而厚于书，轻死生而重于画，岂不颠倒错缪失其本心也哉？"从此不那么痴迷了。见到喜爱之物，虽也随缘收藏，若落入他人囊中，并不觉得可惜。好比烟云过眼，百鸟感耳，见闻之时，心中愉快，一旦消失，不复惦念。"于是乎二物者常为吾乐，而不能为吾病。"

世上美好的事物，可以成为快乐，不能弄成负担。这样的意思，就是庄子说的"物物而不物于物，则胡可得而累邪？"道理虽然浅显，做到不容易，首先我自己就做不到。东坡流放到惠州和海南时，我常常想：一个人离开家，离开熟悉的环境，孑然一身，蓬转异乡，喜欢的东西没有了，爱读的书没有了，未来又行止不定，这是什么感觉啊？我替他想到这里，几乎要发疯。我们生长在太平岁月，习惯于定居，习惯于身边一切琐碎的细节。重新开始，不是简单的事。但东坡无论到哪里，都能很快适应下来，找到乐趣。几年过去，一个家刚刚养成，又不得不离开。他多次借用佛典来安慰自己——浮屠不三宿桑下，以免背上情感的负担。

书少，可以专心。东坡在海南，别的书难找，就熟读陶渊明和柳宗元。他和了全部陶诗。我们呢，也许是手边的书太多了，结果多半是浅尝辄止。

到不得不抛舍的时候，人尽管不情愿，也学会了寓物不留物的通达。

2016 年 12 月 19 日

## 对花能饮即君子

周作人译清少纳言《枕草子》第二十段"清凉殿的夏天",作者抄写古歌,抄了藤原良房《古今集》里的一首:

> 年岁过去,身体虽然衰老,
> 但看着花开,
> 便没有什么忧思了。

这是很达观的话,透过字面去看,作者的生活,也是相当优裕的。我自己从前写过:对花能饮即君子。指向有别,意思近似。无忧需要借助花和酒,是古人的老套子。落到现实生活中,不过一个精巧的比喻。在这方面,中国和阿拉伯的诗人,可算是精神相通,而后者的玫瑰园,似乎比李白们的桃李园还声色并茂。《一千零一夜》中很多故事的场景,是可以作梦中游的。

去年读了整整一年宋诗，心仪的几位大家，集子都过了一遍。宋人的文人气比唐人浓厚，写酒不如唐人狂纵，写花特别多，写各种细细的赏玩和情调。唐人写花是求其大概，意到辄止，有些咏花的诗，除了题目，没有一个字和花沾边，但还是好诗。托物言志，物有什么好较真的？菊花耐寒，梅花更耐寒。荷花开在盛夏，也有"月晓风轻欲堕时"，照样清丽高洁。宋人写花便细致，从各个侧面入手，缥缈恍惚的当然有，敢于硬碰硬地白描的也不乏其人。一首七律五十六个字，咬定了那花本身，字字杀向要害，写神态，写形貌，写颜色气味，照样出名作。这些诗，心情好的时候，读来兴致盎然，心情不好，便觉得不耐烦。盖宋人精而小，把玩，就如茶道，需要平心静气。

杨万里写梅花："犹喜相看那恨晚，故应更好半开时。"里面两重意思，一是看花恨不及早，二是最好花在半开。后一个意思，屡屡用在诗里。《郡圃杏花二首》中，就有这样两联："却恨来时差已晚，不如清晓看新妆"，"绝怜欲白仍红处，正是微开半吐时"。杨万里不像陆游那样爱发牢骚，偶尔发一次，别人也不当回事，因为不在大气氛里，他的大气氛是明快。比如他写了一首《夜饮以白糖嚼梅花》，说吃一朵蘸糖的花，喝一杯酒。事情是实在的，但听起来有点装。他又说自己穷，没有肉菜下酒，才如此对付（先生清贫似饥蚊,馋涎流到瘦胫根),更难叫人相信。

读《红楼梦》的人,对其中的诗词肯定印象很深。书中的诗词,以咏花为主。曹雪芹虽然扣着人物的身份来写,貌似人人不同,总体风格还是统一的,都是他自己的套路。他的所学,一目了然,是宋诗,主要是陆游和范成大。陆游,书里多次提到,范成大,不记得有没有直接提,至少有出自范诗的"馒头庵"和"铁门限"。陆游和范成大都善于写古雅清空的中二联,好处是精致,不好处是俗套。比如范成大写红梅:"疏影有情当洞户,蔫香无语堕空杯","午枕乍醒铅粉退,晓奁初罢蜡脂融";王安石写红梅:"须裛黄金危欲堕,蒂团红蜡巧能装"。便是黛钗宝玉和史湘云们咏菊咏海棠的范本,而不独陆游的"纸帐光迟饶晓梦,铜炉香润覆春衣"和"微倦放教成午梦,宿醒留得伴春愁"。

后人喜欢而学不来苏轼,爱学李商隐而只能悬在半道上,对王安石则觉得太隔膜。大约曹雪芹也是如此。同是写花,苏轼和李商隐都太个人意气,一个高,一个深,高深都不可及,王安石也言志,却动不动霸气十足。因为霸气,就让人觉得有点干,以至于没耐心去领会他的满腹深情。何况他还喜欢在技巧上争奇斗胜,比如他次韵苏轼的咏雪诗,虽然不乏妙句,大体上成了文字游戏。他的好处须得细细体会,体会到了,余味无穷。"雪径回舆认暗香",

也是写梅花的:在落雪的小径上走过,本来一无所睹,走过去,依稀闻到淡淡的香气,恍然大悟,是有梅花在来路边上的暗处,却错过了,于是调转车子,返回寻找。这意思多好!收入《神童诗》的那首梅花五绝:"墙角数枝梅,凌寒独自开。遥知不是雪,为有暗香来。"同样强调梅花的淡泊自守,然而一身清香终不可掩。可见他的出发点,始终在品格上。他有一首《新花》诗:"老年少忻豫,况复病在床。汲水置新花,取忍此流芳。流芳只须臾,我亦岂久长。新花与故吾,已矣两可忘。"是心中忧苦之人的清醒话,以豁达掩饰深情,以言可忘掩饰难忘。作者如此说,不是欺人,亦非自欺,是自勉兼自慰,所谓当无可奈何之时,似有千言万语,而实无一话可说,只好"却道天凉好个秋"。瓶中所插是什么花,他没写,害得我一直悬想。

和王安石的《新花》一样,李商隐的《回中牡丹为雨所败二首》,感物伤人的主题之外,也有一股说不出的意味,是诗中并未明写,却令读者掩卷难忘的。"下苑他年未可追,西州今日忽相期。水亭暮雨寒犹在,罗荐春香暖不知。舞蝶殷勤收落蕊,佳人惆怅卧遥帷。章台街里芳菲伴,且问宫腰损几枝?"意思非常明白,但我每次念诵,想到的都是诗外的事情。里面最好的就是"水亭""罗荐"那一联,一寒一暖,一今一昔,一存一亡,就像无题诗《锦瑟》一样,八句话写尽他一生的感慨。关于暖,他早年的牡丹诗已经写得详尽无余:"锦帏初卷卫夫人,绣被犹堆越鄂君。垂手乱翻雕玉佩,折腰争舞郁金裙。石家蜡烛何曾剪,荀令香炉可待熏。我是梦中传彩笔,欲书花叶寄朝云。"别人看牡丹一身富贵气,他不然,他看到的是富贵折射出来的华丽,但华丽如同严妆,隐约得像罢琴后的尾音,像影子里暗喻的色彩。

牡丹我没正经观赏过,公园里看见的一株两株,那不能算。洛阳以牡丹著称,我回去洛阳十几次,从没赶上季节。要说牡丹还真不是特别吸引我的花,花朵太大,太艳丽,有点飞扬跋扈了。《红楼梦》里以牡丹比薛宝钗,花签上题罗隐的诗,"任是无情也动人"。罗诗对应宝玉眼中的宝钗,堪称传神,然而和牡丹何干?宝钗收敛,牡丹开张。很难想象雍容华贵的牡丹如何"无情",难道是金枝玉叶的高傲,像歌剧中的图兰朵一样?

李商隐的"高阁客竟去,小园花乱飞",写惜别的情绪。花落喻人事,早已不新鲜,但他立脚点高,突出一语,如独鹤横空,便显得哀而不伤,绮而不靡。到了苏东坡,则说:"惆怅东栏一株雪,人生看得几清明。"明说惆怅而态度洒脱。

东坡的七绝,风格与其七律及五七古颇不相同。七古有豪气，五古多哀婉，七律似其词，以放达纵意为主，七绝则近于小杜，清秀而有逸气。这一首咏梨花，正是从小杜诗而来。小杜诗咏雪，以梨花喻雪，"淮阳多病偶求欢，客袖侵霜与烛盘。砌下梨花一堆雪，明年谁此凭栏杆？"心境更近荆公。

谈到梨花，清少纳言说，梨花令人扫兴，因为没有颜色，不够妩媚。但想到唐人那么喜爱，"勉强的来注意看去，在花瓣的尖端，有一点好玩的颜色，若有若无的存在"。白居易形容杨妃哭过的脸庞如"梨花一枝春带雨"，清少纳言于是退一步承认，"似乎不是随便说的。那么这也是很好的花，是别的花木所不能比拟的吧"。

李白的"觉来眄庭前，一鸟花间鸣"，意思接近《古今集》里的古歌，古歌有中年人的沉着和随意，透出很静的心思，李白则是神仙一样的高迈。"处世若大梦，胡为劳其生？所以终日醉，颓然卧前楹。觉来眄庭前，一鸟花间鸣。借问此何时？春风语流莺。感之欲叹息，对酒还自倾。浩歌待明月，曲尽已忘情。"我觉得四十岁前，这样恣肆的颓废，很是顺理成章；四十岁以后，若非特别志得意满，处于一个特别的位置，这种内在的放达难以再有。我自然不是说表面的行为，喝得糊里糊涂，躺在花园或随便有花的后院，况是阳春天气，不担心受凉。这样的行为，就连流浪汉也做得到。我说的是骨子里的青春精神，对美好事物的感受、享受和迷恋，和真正的无羁无束。有人说盛唐精神就是一种青春气息，就时代和个人的自信及心态的开张而言，差不多是的。

纽约的小菊花，自初秋到入冬，一路开得舒展，冬天如果气温不降到零下好几度，它们会一直开过新年。几年看下来，情形都是如此。每天中午散步，走不同的街，看到不同的花，忍不住拍下照片，心情每次也不同。诗里的这些感觉，一一浮现，甚至有更多诗里没写的感觉，有些细微的差异。尽管是同一个人，看的是同样的花。花使人愉悦，这总没有疑问的，愉悦之后是什么，就由不得人了。

微物足以移情。当很大一部分世界不可避免地、不由分说地离去，幸好有这些花草，这些树木，这些青山绿水，不用花钱便可以随便读的书，以及不用花太多钱便可以听的音乐，继续相伴。君子寓物不留物，我们为什么要对一切存长留的幻想呢？

2016 年 1 月 14 日改定

第二辑

深目如愁

# 梅花诗

天冷了,连日色也微薄无力,看着窗外摇动的光秃秃的树枝,不由得想起梅花来。

梅花,菊花,莲花,都是用来比喻高洁的。梅和菊开在岁末,额外多了一个耐寒的美名。梅花的节候比菊花晚,隐忍更深,又较菊花高一筹。"万木冻欲折,孤根暖独回。"这样的评语,菊花就当不起。孔子称赞松柏后凋,没提梅花,可见先秦时候的读书人,还没把梅花当回事。梅花成为某种人格的象征,大概要到南北朝时,在何逊写了大名鼎鼎的早梅诗和陆凯"折梅逢驿使"之后。

咏梅诗从此便一发而不可收,自隋唐而明清,何止千首万首。名气最大的,莫过于林逋《山园小梅》中的"疏影横斜水清浅,暗香浮动月黄昏"一联。然而诗虽多,写出新意的却不多。如果就题下笔,直接写梅花的形貌和姿韵,就更加吃力不讨好。相对而言,借物言志倒是容易些。

每人都有不同的感受,不同的遭际,写来亦各有不同。而花只是花,声色香味俱在,你欣赏过,前人也欣赏过。你的感官和想象力未必胜过前人,那么,前人形容过的,你很难再措辞。

在嘉德的拍卖图录上,见过一个清中期的梅花诗文图竹雕臂搁,所抄诗句没有林逋那一联,而是屈大均的"一树寒烟外,千林积雪时",李群玉的"玉鳞寂寂飞斜月,素艳亭亭对夕阳",再加上苏轼的"竹外一枝斜更好"。

清人沈德潜认为,咏梅诗,以庾信的"枝高出手寒"和东坡的"竹外一枝斜更好"为上。林逋的"雪后园林才半树,水边篱落忽横枝",明人高启的"流水空山见一枝",亦能象外孤寄。其他的,不过是"刻画"。巧得很,四个例子都是写"枝"的,没有写花。大概沈德潜觉得,专注于花的色相,容易流于艳俗,写枝更能表现梅花的姿态。中国人的口味大约很有些奇怪,看花,总要加些不讲道理的要求,菊花是孤零零的几枝最好,梅花要"疏",稀稀落落的,如朱希真词所形容的,"横枝消瘦一如无,但空里,疏花数点",桃花和荷花才允许满树满林满池肆无忌惮地盛开。对于菊花和梅花,稀疏便有姿态,有姿态便有寄托。宋人咏梅流行,梅诗最多,但名句如陈亮的"疏枝横玉瘦,小萼点珠光",王安石的"须袅黄金危欲堕,蒂团红蜡巧能装",

以及还是林逋的"蕊讶粉绡裁太碎,蒂疑红蜡缀初乾",沈德潜一概不取。与前面四例相比,这几联都太实。形貌和寄托的关系,最好是不即不离,影影绰绰。太实,就不好展开想象了,而读者也容易挑毛病。

跑题跑得远的也有,杜甫的《和裴迪登蜀州东亭送客逢早梅相忆见寄》,是我读过的梅花诗里最感人的一首。"此时对雪遥相忆,送客逢春可自由?幸不折来伤岁暮,若为看去乱乡愁。"低回婉转,令人情不自禁。但沈德潜说它"纯乎写情,以事外赏之可也"。这话也没错。《逢早梅相忆见寄》确实不是一首咏物诗,是一首送客诗,主角是人,不是梅。这和他写丁香,东坡写海棠,乃至南宋词人写蟋蟀和写蝉不同,但无妨它是一首和梅花有关的好诗。他的另一首《江梅》,情形仿佛:"绝知春意好,最奈客愁何?"主角依然是人,尽管题目明确是梅花。南宋的咏物词,以物喻人,喻事,人物不分,事物不分。"病翼惊秋,枯形阅世",是蝉,也是人,起于蝉而终于人。杜甫的路子不同,避免从正面下笔,专写见梅而生发的情绪,所谓"感时花溅泪",完全说开去,不着痕迹,因此高不可攀。

杨慎和王世贞不约而同,都赞赏李群玉的《人日梅花病中作》而不满林逋。杨慎说:"'玉鳞寂寂飞斜月',真奇句也,'暗香浮动'恐未可比。"他还称赞诗中的另一句,"半落半开临野岸","亦有思致"。王世贞说"玉鳞"句和下面的"素艳亭亭对夕阳","大有神采,足为梅花吐气"。

　　林逋的《山园小梅》,在历代诗评家那里,久成公案。其实说白了,全诗八句,只有"暗香疏影"一联好,其余都不好。"众芳摇落独暄妍,占尽风情向小园"说是咏菊也可以。"霜禽欲下先偷眼,粉蝶如知合断魂"也可移作他用。其中霜禽一句是从齐己《早梅》中的"禽窥素艳来"转化而来,"窥"字不好,有鬼鬼祟祟的感觉,鸟喜欢看花,大可堂堂正正地看,想怎么看怎么看,何必去窥视?林逋改用"偷"字,格调就更卑下了。至于"断魂"云云,是俗套到不能再俗套。尾联那句"幸有微吟可相狎","狎"字粗野,简直不成话。(狎,汉典:亲近而态度不庄重。也有亲近意,然多是负面的意思。《韩非子·南面》:狎习于乱而容于治,故郑人不能归。)至于"暗香疏影",也有人说怪话。纪昀说"浅近",王世贞说顶多是许浑一流。这当然过分了。日本汉学家吉川幸次郎说:"全首的格局趣味,仍然偏于纤细而过于柔软,或者可以看作西昆体感情的另一表现。"林逋纤细,但和西昆体还是有区别的,晏殊才是较轻爽的西昆体。

　　"暗香疏影"一联最早得到欧阳修的称扬,后来为姜夔所酷爱,但黄庭坚和沈德潜都认为"雪后园林才半树,水边篱落忽横枝"更好。又是很巧,这两句很像是李群玉"半落半开临野岸"一句的扩展。中国诗人太多,诗作太多,要写出一句完全与前人无关的好句子,真是太难了。若以"水边篱落"为标准,我觉得"湖水倒窥疏影动"也不错,而《山村冬暮》里的"风梅落晚香",简单五个字,比以上各联都好。

林逋人品绝高,爱梅发自肺腑,然而八首咏梅七律,都是有句无篇。诗才和品格无关,鲜能两全其美。偷眼,粉蝶,断魂,相狎,这些词语虽然俗不可耐,并不表明他思想浅薄,境界很低,他只是在这个题目上没本事把情感恰如其分地表达出来。反之,一些恶名昭彰或大有问题的人物,闲暇之余,逞才振藻,文字反而典雅之极。

《宋诗纪事》收录了南宋"奸相"贾似道的两首梅花诗:"朔风吹面正尘埃,忽见江梅驿使来。忆著家山石桥畔,一枝冷落为谁开。""山北山南雪未消,村村店店酒旗招。春风过处人行少,一树疏花傍小桥。"写得相当清秀。他对梅的热爱,可能不亚于林逋或陆游,《题孤山》里的"断堤野水梅花宅,千古春风月一痕"堪称佳句。他自言"梅花见处多题句",可见写过不少梅花诗,要说意境,也真够雅人深致的。

2019 年 1 月 7 日

## 金星玻璃

周末逛跳蚤市场,在古玩商克劳斯的摊位上,看到一个阴刻"乾隆年制"底款的料器方盒,巴掌大小,托在手里沉甸甸的。说是料器,当时并不知道材料是什么,像是一种棕红色的石头,晶莹但不透明,里面闪着细碎的金花,非常漂亮。问克劳斯,说是宝石。和他合租摊位的华人女士,取出放大镜看了,很自信地说是"原石",意思是指未经人工处理过的宝石。

逛罢市场,时间还早,去了大都会博物馆。结果再巧不过,中国馆楼上新摆出的展品,就有一件约半尺高的这种材料琢刻的人物,说明牌上写着"清乾隆,金星玻璃女仙"。

一说金星玻璃,可就了不得了,《红楼梦》里多次提到过。宝玉给芳官起外号,其中一个就叫金星玻璃,又用其译音,叫"温都里纳"。众人嫌拗口,仍用汉名,加以简化,叫她"玻璃"。

查资料，金星玻璃一词，在《红楼梦》里出现过三次。

第五十二回，晴雯发烧头疼。"宝玉便命麝月：'取鼻烟来，给他嗅些，痛打几个嚏喷，就通了关窍。'麝月果真去取了一个金镶双扣金星玻璃的一个扁盒来，递与宝玉。宝玉便揭翻盒扇，里面有西洋珐琅的黄发赤身女子，两肋又有肉翅，里面盛着些真正汪恰洋烟。"

第六十三回，宝玉说："海西福朗思牙，闻有金星玻璃宝石，他本国番语以金星玻璃名为'温都里纳'。如今将你比作他，就改名唤叫'温都里纳'可好？"芳官听了更喜，说："就是这样罢。"因此又唤了这名。

第七十三回，话犹未了，只听金星玻璃从后房门跑进来，口内喊说："不好了，一个人从墙上跳下来了。"直接用"金星玻璃"称呼芳官。

关于金星玻璃，不少学者做过考证，大约是说，金星玻璃的烧造技术起源于欧洲，乾隆六年，清宫玻璃厂在西方传教士纪文和汤执中的指导下烧制成功，制作了许多赏玩和实用之器。由于烧制不易，金星玻璃制品不仅数量少，而且没有大件，北京故宫博物院所藏，也不过四十余件。烧制的玻璃，都是在坩埚里熔为大块，再用琢玉工艺琢成各种器形。看图谱，很喜欢其中的一尊猴子，虽然书上的说明是"金星玻璃猴",其实是孙悟空。他一膝着地,双手高举,颈间围巾,腰系虎皮裙,脚上还穿着草鞋。那姿态,正是晋见师父或其他尊长的礼节。

金星玻璃只在乾隆一朝生产过,但据市场所见和拍卖纪录,民国以来,多有仿制,到今天已经很普遍。只不过,像乾隆朝那样工艺高超的雕刻作品,是再也见不到了。

金星玻璃英文叫 aventurine glass,俗称 goldstone(金石)。意大利语称为 avventurina,得名于 avventura,有"意外""偶然"或"惊奇"的意思。据维基百科,金星玻璃的制作方法是十七世纪威尼斯的米奥提家族发明的,民间则有修士或炼金术士无意造出金星玻璃的传说,只是无文字资料佐证。美国宾州大学博物馆收藏有十二至十三世纪的波斯制金星玻璃护身符,说明这项技术有更早的起源。波斯语把金星玻璃叫 sang-e khorshid 或 sang-e setareh,意为太阳石或星石。

古玩市场所见的杂宝嵌"太平有象"图案的盒子,是近年之物,凭款识的写法即可断定。回头想,读《红楼梦》也有十几遍了,如果不是这点缘分,可能永远不会注意到金星玻璃这个小小的生活物件。读书的问题就在这里:好书内容丰富,到处都是学问,一个细节,一句话,放过了,也许就错失了某个关键。《水浒传》里的人物,"行不更名,坐不改姓"，关键时候，该改还是改。王进逃难，自称姓张。宋江在清风寨看灯被抓，说自己是"郓城县客人张三"。鲁达打死镇关西，围观捉拿自己的榜文，金老来救，喊他"张大哥"，其后朱贵救李逵，情形相同。李逵在曹太公家，还自称张大胆，而吴用进北京，化名张用。书中的类似例子还有不少。为什么假名都要姓张？难道仅仅因为张是人口多的大姓？同样理由，为什么不姓李或王？

这些地方，探究起来都大有趣味。所以说，带着问题读书，容易深入。我说的带着问题，不是写论文查资料那种带着问题，而是读书多了，常有未能想明白或存疑的地方，下意识地记着，日后读别的书，或者发现新材料，或者因此受启发，问题迎刃而解。所谓于无意间得之，最是读书的快乐。苏轼和朱熹讲读书的经验，强调经典要反复读，一次只注意一方面的问题，比如政治、人事、思想潮流，乃至各种博物的知识。苏轼有一次见唐庚，唐庚说正在读《晋书》，苏轼就问他，其中有什么好亭子名？唐庚"茫然失对"。学以致用，固然当从大处着眼，但小处有小处的功用，因小致大，也是常有的情形。

中国的古典小说名著，各家出版社整理出版，或作汇校，或加注释，充斥坊间，品类极多。然而令人满意的本子，难得一遇。有些著名出版社所出、由著名学者亲自操刀的，注释也都挂一漏万。像收入"古典文学基本丛书"的《西游记》，说是注释本，挂一漏万，几乎等于无注。中国艺术研究院红楼梦研究所校注的《红楼梦》，是我手头常用的本子，金星玻璃一词也没有加注。玻璃盒里的"汪恰洋烟"，注云鼻烟的一种，这有什么用呢？装在鼻烟盒里的，可不是鼻烟么？有一种地方版的《红楼梦》，居然把七十三回那句话标点为"只听金星、玻璃从后房门跑进来"，生生将芳官一切为二。至于方豪的《红楼梦西洋名物考》，本是这方面的专门著作，被人赞为集大成者。其中"温都里纳"一条，虽洋洋千言，偏只就题外说话，什么是金星玻璃，只字不说。

周策纵在《〈红楼梦〉"汪恰洋烟"考》中提到，纽约市区美术馆（据英文，就是纽约大都会艺术博物馆）藏有血玉髓质的扁形长方鼻烟盒，盒上也有"西洋珐琅的黄发赤身女子"，"是18世纪上半期的产品，正是曹雪芹的时代"。这个鼻烟盒，与曹雪芹所写的，材料不同（颜色近似，周先生如果认错了，不排除是金星玻璃制的），形制类似。我盼着大都会有一天把它展出来，去亲眼看一看，毕竟连故宫藏玻璃器二百种的谱录上都没有收入。

2018年9月11日

## 两棵树

张中行在《津沽旧事》里写:"每次坐火车往天津,由北站到东站一带,东望,无数简陋小屋麇集在沼泽地之上,心里总不免有些怕;北京也有贫民,但地基高,不潮湿,又惯于在院里种两三棵枣树,秋天由墙外望去,绿叶红实,都放光,就颇有诗意。"枣树实在是不起眼的树,枝干不高大,叶子瘦小,果实虽密,不像柿子那么有诗意,在枝头挂满红灯笼。按说小时候也曾跟随表兄弟们去偷摘邻村的枣子,如今还有的印象,却只是树上的刺扎手,和被狗追得狼狈不堪,枣的滋味早忘光了。

离家不远的小街上,几年前看见一棵小枣树,结实比黄豆大不了多少,从青到红,路过时看一眼,心里微微一动。那枣就算能摘,估计也是不能吃的。枣叶揉碎,凑到鼻子底下闻闻,若有清香。今年冬天,树不见了,连树桩子也没留下。

惦记枣树,是因为鲁迅《秋夜》那个著名的开头:"在我的后园,可以看见墙外有两株树,一株是枣树,还有一株也是枣树。"这个开头,有人赞赏,有人不以为然。教小学生作文的老师可能会说,为了表达的简洁,应当减缩为"我家后园的墙外有两株枣树"。有些作家也批评鲁迅啰唆,我不明白是真糊涂还是别有怀抱。用心一读就知道,两种文字,意思不一样。原文不仅透露出寂寞的情绪,还写出孤高的态度。一株是枣树,还有一株也是枣树,这种重复,暗示出时间的长和景色的缺少变化,以及作者的凝视之久和思虑之深。

类似的故事很早就有。欧阳修与同事出游,看见奔马踩死了卧在路边的狗,就问他们:"你们如何记录这件事?"一位说:"有犬卧于通衢,逸马蹄而杀之。"另一位说:"有马逸于街衢,卧犬遭之而毙。"欧阳修听罢大笑,说像你们这么写,假如去修史,万卷也写不完。大家就问:换了你,你怎么写?欧阳修说,很简单,六个字:"逸马杀犬于道。"三种写法,第一种确实最笨。马踩死狗,用不着说是蹄子踩的。第二种其实不错。欧阳修版虽然简洁,意思有损失。狗卧在街上,被脱缰的马踩死,欧阳修简化为"脱缰的马踩死了路边的狗",损失了两个细节。一,狗是卧着的;二,不是任何道路,是热闹的大街。这两个细节有没有必要,要看具体语境。

我们说文字简洁，意思是，如果其中的某些字句，删掉了并不影响意思的表达，那么这些字句就是多余的。然而须注意，文字不仅有描写和记录的意义，还有情感的意义，象征的意义，连很多人不在乎的音韵和节奏，以及语气这种不容易说清楚的地方，也马虎不得。如果是纯客观的描述，鲁迅的枣树当然可以按语文老师那样简化，但在寓意丰富的《秋夜》中，绝对不可以。

理解作品，有两方面的因素。客观上，就是孟子指出的，知人论世，以意逆志。主观上，不同经历不同性情的人，对作品往往有不同的理解。偏离原意的理解甚至也能结出美好的果实。所以说，经典作品是由两个部分构成的，一部分是作品本身，另一部分是后人对它的理解。《蒙娜丽莎》不过是达·芬奇的一幅画，五百年来对画的阐释，就构成一部历史。《红楼梦》也一样。

在网上读过一位日本学者的论文，谈到鲁迅的《秋夜》，引了沈尹默的小诗《月夜》："霜风呼呼地吹着，月光明明地照着。我和一株顶高的树并排立着，却没有靠着。"两株树并排而立，却不互相依靠，说的是人和人的关系，或人和其他事物的关系，一种相互支持，相互理解，却仍保持各自独立的关系。他觉得鲁迅的描写有近似的含义。

但我的感觉略有不同，我读《秋夜》的开头，想到的是龚自珍。龚自珍的《记王隐君》，写一位神龙见首不见尾的隐士。他说，早年曾在外祖父段玉裁家里见过某人书写的一首诗，诗好，字也好。后来在西湖一个和尚那里，见到一幅《心经》，觉得两幅字神韵相通，应出同一人之手，愈加难忘。不久之后，春天出螺蛳门游玩，与轿夫戚猫闲聊，戚猫指着一片荒冢说，那边有户人家，段先生每次来杭州，必定出城探访。于是他们走过坟地，走近一座木桥，桥边坐着一位九十岁的老人，穿着短衣晒太阳。向他问路，他说耳聋。龚自珍见他神气不凡，忽有所悟，便恭恭敬敬地说：老先生真是隐者。老人回答说：我没有印章。把"隐者"听成了"印章"。龚自珍见无法沟通，只好怅然而返。

次年冬天，朋友何先生来访，闲聊时说起，他家珍藏着宋拓的李斯琅邪石碑，某次得心脏病，医生不能治，多亏乡下来一老者，两副药把他治好了。问报酬，那老人说，什么都不要，单要那幅拓本。说罢，取了拓本，飘然而去。

龚自珍把这件事讲给另一个朋友马太常听，马太常说，这个人他知道。他外甥锁成有次外出迷路，走到一户人家，顺着读书声进屋，看见四壁都是书籍碑帖，案上搁着一册《谢朓集》。锁成想借这本书，对方不肯，但答应抄一本相赠。一个月后，锁成去取书，见抄写的书法极美，类似虞世南。主人指着院里正在墙边锄地的男子说，就是他帮我抄的。

龚自珍在文中说，作诗的，抄写《心经》的，段玉裁去看望的，锁成遇到的，应该是同一个人。轿夫和西湖僧人都说，那人姓王，但不知其名。而锄地的那个人，可惜连姓也没打探出来。

《记王隐君》结尾写王氏居处的景致："桥外大小两树倚依立，一杏，一乌桕。"

鲁迅喜欢龚自珍，《记王隐君》他该是读得很熟的。战士的形象，隐士的风骨，龚自珍向往之，鲁迅亦然。

又记：说到语言的简繁与意思的厚薄，张岱举了一个例子。他父亲和叔父，兄弟两人都不能饮酒，一小杯就醉，因此留心烹饪，懂得吃，也懂得做。有个嗜酒如命的张东谷，对此很觉奇怪，说："尔兄弟奇矣。肉只是吃，不管好吃不好吃；酒只是不吃，不知会吃不会吃。"张岱认为这几句话说得精彩，有晋人风味。后来有人把它收入《舌华录》，却将原话改为："张氏兄弟赋性奇哉。肉不论美恶，只是吃；酒不论美恶，只是不吃。"张岱觉得很可笑，感叹说："字字板实，一去千里，世上真不少点金成铁手也。"(《张东谷好酒》)《舌华录》的编者为何要修改那段话呢？显然是觉得张东谷的话不够雅驯和简洁。一改，韵味顿失。

2017 年 3 月 9 日

## 牵牛花

　　姜德明《梨园书事》讲梅兰芳喜欢牵牛花,在自家院子里种了很多。有一种花朵丰硕,大如碗口,是从日本引进的名种。每逢花开季节,梅兰芳便约请在京的画家如齐白石、陈师曾、姚茫父等前来赏花。兴致盎然之际,即兴挥毫作画。齐白石画牵牛花赠给梅兰芳,题字说:"畹华仁弟尝种牵牛花数百本,余画此赠之,其趣味较所种者何如?"另一幅牵牛花图的题字是:"梅畹华家牵牛花碗大,人谓外人种也。余画此最小者。"这两则题跋都有唐宋人绝句诗的言外之趣。

　　齐白石也画过大幅的牵牛:"京华伶界梅兰芳尝种牵牛花万种,其花大者过于碗,曾求余写真藏之,姚华见之以为怪,诽之,兰芳出活本与观,花大过于画本,姚华大惭,以为少所见也。"

　　梅家养牵牛花,品种多至三十,他自己颇为得意。及至到了日本，才发现日人所培养的，琳琅满目，居然不下百余种。

姜德明说，二十世纪二十年代，梅兰芳曾在报上发表一篇《花杂谈》，说到他为何喜爱牵牛："非于此花独有所偏也，因其时演剧，仅在日间，子夜即眠，指晓而兴。此花以朝颜名，雅合清晨赏玩。"

梅兰芳在《舞台生活四十年》中也专门写过牵牛花："有一次我在花堆里细细欣赏，一下子就联想到我在台上，头上戴的翠花，身上穿的行头，常要搭配颜色，向来也是一个相当繁杂而麻烦的课题。今天对着这么许多幅天然的图案画，这里面有千变万化的色彩，不是现成摆着给我有一种选择的机会吗？它告诉我哪几种颜色配合起来就鲜艳夺目，哪几种颜色的配合是素雅大方，哪几种颜色是千万不宜配合的，硬配合就会显得格格不入太不协调。

"我养牵牛花的初意，原是为了起早，有利于健康，想不到它对我在艺术上的审美观念也有这么多的好处，比在绸缎铺子里拿出五颜六色的零碎绸子来现比划是要高明得多了。中国戏剧的服装道具，基本上是用复杂的彩色构成的。演员没有审美的观念，就会在穿戴上犯色彩不调和的毛病，因此也会影响剧中人物的性格，连带着损坏了舞台上的气氛。我借着养花和绘画来培养我这一方面的常识，无形中确有了收获。"

梅兰芳画的牵牛花，嘉德拍卖过一幅立轴，画中几茎牵牛从右上方伸入画面，紫花一朵，蓓蕾三朵，红花三朵，蓓蕾四朵，花旁蜜蜂七只。题字说："曩居旧京，庭中多植盆景牵牛，绚烂可观。他日漫卷诗书归去，重睹此花，快何如之！"可见他爱惜之情。

牵牛花有白、粉、蓝、紫等颜色，还有各种混杂的颜色，但总不出这几类的范围。蓝紫色一类，有几种殊为怪异，给人幽微神秘的感觉。原因不在色泽浓厚，而是那色泽的深不可测，好像里面藏着什么非人间的东西似的。另外，颜色也不是浮在花瓣上，是从仿佛井底那么深的地方衍射出来的。

蓝紫色的牵牛在日光下面目平常，在半明半暗的暮色里，发出冷幽幽的光，不像白花那么亮，却更能摄魂夺目。散步路过，常常忍不住蹲下观看。拿手机拍下，照片上的颜色却无精打采。韩愈感叹李花在夜色里格外夺目："江陵城西二月尾，花不见桃惟见李。风揉雨练雪羞比，波涛翻空杳无涘。"王安石据此写下"积李兮缟夜，崇桃兮炫昼"的名句。缟夜二字，传神之极。想想看，李花把夜都映白了。牵牛依傍着深黄色的雏菊，给人的正是这样的感觉，虽然它一点也不明亮。

牵牛花没有黄色的，这是我读了东野圭吾的小说《梦幻花》才想到的。书中说，江户时代的文献中记载有"像菜花一样的黄色牵牛花"，后来失传了。这种罕见的黄色牵牛出现在小说里，其特异之处在于，种子研成粉，可当迷幻剂。这大概是虚构吧。以神异植物为道具，可以写很迷人的故事，大仲马就写了《黑郁金香》。

开黄色花需要植物体内有类胡萝卜素和橙酮等黄色色素，而牵牛花恰恰没有。日本研究人员发现，在开黄花的金鱼草体内，有两种基因能合成橙酮，于是给牵牛花植入这两个基因，培养出了他们称为"梦幻花"的黄花牵牛。

牵牛花是藤本的好，所谓矮牵牛一种，变成非藤本的尺许高的植物，花小而密，叶子也变了样子，意思差多了。牵牛攀高，花朵不能太小，而且要疏朗一些，才有姿态。上班路上凌霄花很多，我就不太习惯。花的颜色太艳，叶子的颜色太重，又挤得密不透风。我没有种过凌霄花，但我想，如果有个小院子，在其中偏僻的一角种一丛凌霄，大概也是不错的。牵牛，忍冬，木槿，都是常物。早晨看牵牛初放，夏夜闻忍冬的清香，雨后看朱槿洒落一地，这比什么都好啊。

2017年10月2日

# 谦尊而光

传统上我们称之为美德的东西，多半是行不通的，更有甚者，自其作为名词诞生的那一天起，就从未获得在现实中的"感性显现"。我们这代人，从小接受"满招损，谦受益"的教导，以为一个"谦"字在手，将无往而不利，其实大谬不然。想想看，有哪个人是因为谦虚谋了高就，得了大名，福禄寿财一应俱全了呢？司马迁赞扬李广，说"桃李不言，下自成蹊"，其实是挺悲哀的。来者纷纷，难道是仰慕桃李的高风亮节吗？不是。他们是来摘桃子李子吃的。

儿子大学毕业，申请读研。几百字的个人陈述写好，拿给两位学长请教。这两位，一位正在读硕士，一位正在读博士，看过，不约而同提了同样的意见：过于谦虚，影响录取。

**申请学校，找实习机会，找工作，谦虚是大忌。**儿子在这方面有过不少教训，但他始终改不了。否则，以他的背景，何至于几次到了最后的面试，却又功败垂成呢？我跟他讲，诚实，谦虚，这都是做人应有的品格，但具体情况具体应对，必须灵活。职场竞争激烈，有其游戏规则。规则是否合理，是否合乎道德，是另外一件事。既然参加游戏，就得认可这规则。人在世间行事，大节不能亏，小节不必拘泥。适当自我吹嘘一下，甚至不需要吹嘘，只是实话实说，就是小节，因为你确实有充足的学识和能力接下那份工作，而且会做得很好。中国史书上曾经赞扬一个品行端正的人，一方面说他不拘小节，同时又说他性格敦朴。不拘小节也算敦朴？一点也不假。可见小节上的随意，并不影响对一个人的整体评价。

我刚到纽约，一边读书，一边打工。学生不能合法工作，只好去餐馆打黑工。餐馆的杂工有什么技术含量呢？然而招工照例要求有经验。我去几家餐馆应聘，都因没有经验被婉拒。后来得到合租房子的前辈指点，再去一家，就说以前做过，于是顺利获录用。边做边学，也就做下去了。事实上，招聘要求有经验近乎无理。不管什么工作，谁都有第一次。若以有经验为必要条件，刚出校门的人只好永远在家发呆了。

再说了，应聘时，一个人会的，他说精通，半会不会的，说会，根本不会的，说有所了解，可以再提高。这些，招聘者也明白，自然会打折扣，就像在古玩店买东西，买卖双方的开价和出价都是有水分的。反之，你明明会，谦虚一下说还行，对方以常理推断，觉得你是不会。和夸说精通的人比，明明不差，却被看作与他相距百里。

这些话，虽然儿子并没反驳，但天性难改，不知道他以后能否放达一些。

中国人的谦谦君子，即使真在某一方面出类拔萃，也不好意思自己说，要别人说。别人说了，顿时满心欢喜，如饮春醪，面上还要作矜持状，口称"岂敢"不迭。我对圣旨一般强求的谦虚有反感，根源在小时候，被灌输了满脑子骄傲即罪恶的观点。十岁的小孩子，被要求每学期写总结，中世纪的修行僧一样挖掘灵魂。我学习成绩不俗，不逃课，不打架，不偷鸡摸狗，总结里反思忏悔，每次都为找缺点发愁，而且缺点按规定至少要两条。没办法，只得把优点里的"学习目的端正，学习态度认真"和"上课认真听讲"两条涂上白粉，变成两条缺点：有时学习不够认真；有时上课不够专心。我还是注意措辞的，用了"有时"，表示也许、偶尔、可能、莫须有。以后每学期均照此办理。任课老师了解我，自不把如此条陈当回事。偏偏有一学期，某位老师大概因为懒，期末写评语时，把这两条原封不动抄了过去，我差点成了坏学生。

此事给我一个教训。此后多年，出于愤愤不平和矫枉过正的心理，我对敢于吹牛的作家和艺术家全都敬佩有加，同时明白了一个道理：谦虚是在一定的游戏规则中才行得通的。这规则便是，大家都知道在某些场合，通过一定的修辞范式表现出来的谦虚，是不能当真的。不仅不能当真，还得反过来理解，只当是另一种方式的自我标榜。假如齐白石说他诗第一，印次之，画最下，我们就明白，他的画最好，印次之，而诗，反倒可能是最差的。历代凡是诗词书画都能玩的，多喜欢来这么一手，用意是明摆着的：我最差的画已经这么了不起了，比画更好的印，比印更好的诗，那该多牛啊。这种似抑实扬的技法，大概是受了孙子上驷下驷理论的启发，好在我早已习惯了正话反听。

《尹文子》里讲过特别爱谦虚的黄公的故事。这位黄先生生了两个宝贝女儿，都是倾国倾城的美貌。黄先生怕别人嫌他骄傲自满，逢人便说女儿丑。那时候女孩子深藏若虚，外人难窥其面，黄先生说女儿丑，大家相信是真丑，两位黄小姐因此丑名远扬，以致到了出阁的年龄，无人前来聘定。卫国有个单身汉，不知是丧了妻，还是根本就讨不到老婆，心想，再丑也是个妇人，有，总是聊胜于无啊，于是大胆上门，冒险娶回一位，不料竟是天姿国色。这下子，事情满世界传开,大家都抢着向另一位黄小姐求婚。

尹文子说,世有因名以得实,也有因名以失实的。齐宣王只能拉开三石的弓,左右拍马屁,说他能拉九石的弓,宣王听了高兴,以为自己真能。尹文子说,这是"悦其名而丧其实"。卫国小子不顾恶名讨了黄公女儿,则是"违名而得实"。谦虚和吹嘘,为事情的两面,然而都造成"名实不符"的后果。

《易经》谦卦的卦象是地中有山。山高大而隐伏在地中,表示谦退,也有外表卑下而内蕴丰富高尚之意。我很喜欢这个意思,乃至于几乎要以谦卦象传中的"谦,尊而光,卑而不可逾"为座右铭了。但这是内心秉持的态度,也是一种超越了自信的气度。我想对儿子说,这样的谦虚才是真正的谦虚,基于深怀敬畏,是无比强大的力量。但在现实中,你要看具体是什么人,什么事,值不值得你以敬意和谦卑之心相对。

2018 年 1 月 5 日

## 深目如愁

大约从汉朝开始,直到唐代,诗文里头,"愁胡"二字经常出现。字典上解释说:胡人深目,状似悲愁。最早出自东汉辞赋家王延寿的《鲁灵光殿赋》:"胡人遥集于上楹,俨雅踞而相对。……状若悲愁于危处,憯懔蹙而含悴。"晋人孙楚在《鹰赋》里把这个意思缩为一个词:"深目蛾眉,状如愁胡。"以后就成为习语,用来形容鹰眼。老杜诗中屡次写到,如《画鹰》:"𢱢身思狡兔,侧目似愁胡。"我们家的人,稍有点高鼻深目,我上学时,屡被开玩笑,说是西域人,甚至巴基斯坦或阿富汗人。毕业的留言簿上,各种开玩笑的比喻里头,最多的就是卓别林和普希金了,除了眉目,还因为两人都留着小胡子。而我那时候,以为胡子越刮越旺,一直不敢刮,便成了这样的结果。在纽约,几次被误认为别的族类,最令人哭笑不得的一次是,盛夏某日走在公园附近略偏僻的路上,被一个中年女同胞跟了很久，最后她快步赶上来，鼓起勇气用中文问了一句"你会说中文吗？"我说会啊。她释然：想问路，打量半天，觉得你是老西（南美人），不敢开口。其实人到中年，身上假如有过一丝半点的异域特质，也让几十年读过的子曰诗云淘洗得差不多了，加上岁月的恩赐，眼睛也渐渐混浊起来。

以后想起深目如愁的说法，觉得很有趣。深目为何给汉人以悲愁之感？至今不得其解。在王延寿的赋里，胡人形象画在宫殿高处，看上去，他们仿佛因身处险危而惊恐不已。后来的引申如果都由此而来，不过一寻常典故罢了，我还是觉得"状似悲愁"更有意味。凸睛予人滑稽之感，老家方言形容某人暴怒或强横，说"翻眼努睛的"。眼皮大翻，眼球鼓出，怒气勃发，咄咄逼人，细想之下，却有漫画的效果，不是凶，而是可笑，就如鼓胀着肚皮的青蛙一样。眼睛垂下，让人觉得安详和可敬。目光投向远处，让人觉得似近而远，直至遥不可及。眼眶稍深，屏蔽了光线，双眸退隐，好像站在洞口看端坐在山洞深处的人，不免留下悬猜的细节。这些未知的事物，不可能一一表达。

李白在《上云乐》里描写过神话一般的胡人："金天之西，白日所没。康老胡雏，生彼月窟。巉岩容仪，戌削风骨。碧玉炅炅双目瞳，黄金拳拳两鬓红。华盖垂下睫，嵩岳临上唇。不睹诡谲貌，岂知造化神。"不是寻常胡人，更像得道的番僧,像是从金庸和梁羽生的武侠小说里走出来的。李白说胡人之貌"诡谲",他自己若是胡人,或有胡人血统,一定不会觉得胡人的长相怪异。

晋代的阮孚,字遥集,这个"遥集",就出自王延寿的赋。《世说新语》里有他的故事:阮仲容喜欢姑妈家的鲜卑丫头,姑妈搬家到外地,曾说要把那位已有身孕的姑娘留下,结果走的时候忘了这事,还是把她带走了。仲容闻讯,借了一头毛驴追赶,把她追了回来。仲容说:"人种不可失。"可不吗,姑娘怀着他的儿子呢。这个鲜卑丫头,就是阮遥集的母亲。阮仲容大名鼎鼎,乃是竹林七贤里的阮咸,李白所谓"三杯容小阮"中的小阮。《阮孚别传》里讲:"咸与姑书曰:'胡婢遂生胡儿'。姑答书曰:'《鲁灵光殿赋》曰:胡人遥集于上楹,可字曰遥集也。'故孚字遥集。"鲜卑人身材较高大,皮肤白。唐代的美女,以长白为上,也许正反映了鲜卑人的审美观。这个阮孚,不知形象如何。看写真画上同样有一半鲜卑血统的唐太宗,可以想象出大概。唐太宗应该也是深目的吧,雄姿英发,哪里有一点悲愁的影子。

唐人酒器中有一种行酒令的酒具,叫酒胡子,造型为一碧眼卷发的胡人。行令时,让酒胡子旋转,停止转动时,它的手指着哪位客人,那位客人就要饮酒。酒胡子的面部造型夸张，给人滑稽之感。唐三彩中骑骆驼的胡商，弹琴歌唱，其乐融融。唐代胡人形象的艺术品很多，神态庄重甚至悲苦的当然也都有，但观看者先入为主，一说胡人，不是怪异，就是滑稽。就连诗中常用的"愁胡"二字，也仅仅是一个比喻，和字面的"愁"字没有关联。

我喜欢唐三彩，无论马还是骆驼，都刚健明朗，胖乎乎的贵妇人和神貌恭敬的小文官，不卑不亢，快乐而自信，就连一脸谄媚表情的太监，身上也没有险恶之气。和唐人的马相比，徐悲鸿的马太急于表现一日千里的雄骏了，而唐人的马一昂首，就是"所向无空阔，真堪托死生"的豪迈。唐三彩里的骆驼，是大漠的驿车，是不沉的沙海之舟，更是一个欢乐的游乐场，常见五六个胡人各执乐器，坐在驼背，不问天荒地老，只管欢歌笑语，散襟畅怀，哀愁何在？此处的胡人，如同传奇中的神仙，成为自由生活的象征。

2016 年 9 月 28 日

# 胡适日记谈诗

胡适那代人，即使不是专家，古诗文都有很好的功底。诗词就像四书一样，是他们的基础课。过去小孩子要背诵《诗经》和《论语》，《红楼梦》里十多岁的贾宝玉，已经学会"代圣人立言"。而我们今天，《诗经》《论语》都是专家之学，一本《弟子规》，还得名教授出马给民众讲解。朱自清不以做学问见长，薄薄一本《经典常谈》，今天有几个人做得出来？胡适思想活跃，兴趣广泛，诗词不是其主要研究领域，他的阅读是个人爱好。读清人的集子，多半是为了小说考证和做其他题目，日记里自作的旧诗，如其白话诗一样清淡。

胡适坚持在历代诗词中找"白话诗"，或是因此之故，特别推崇杨万里。杨诗读得熟，以致多年后，杨万里一首不出名的小诗《桂源铺》（万山不许一溪奔），被他借用，成为传诵之广不亚于唐诗三百首中任何一篇的名作。他在

日记里这样谈杨万里诗:

"读杨万里《江西道院集》。此集在诸集中可占第一二位,比《朝天集》高多了。此集中纪行的诗都是他从杭州归江西及从高安召回杭州的诗,这是他走的最熟的一条路,写的风景都最亲切有味。集中《望金华山》云:山思江情不负伊,雨姿晴态总成奇。闭门觅句非诗法,只是征行自有诗。陈无己闭门蒙被卧,才能作诗。诚斋之'诗变',其主要关键在此。集中《跋徐恭仲近诗》云:传派传宗我替羞,作家各自一风流。黄陈篱下休安脚,陶谢行前更出头。这是他的晚年定论。"

意思是杨万里不像陈师道那样为艺术而艺术,靠搜索枯肠的苦吟来作诗,他的诗材诗思来自生活经验,妙在眼光独特,能捕捉寻常不被注意到的细节,笔下轻轻一抹,神韵已出,所以亲切有味。"日常睡起无情思,闲看儿童捉柳花""小荷才露尖尖角,早有蜻蜓立上头"都是如此。陈师道的雕琢自有其道理,是另一种风格。自然和雕琢,艺术上并无高下之分,只看谁做得好。李白诗清水出芙蓉,但著名的《蜀道难》和《梦游天姥吟留别》看似一挥而就,其实大费心思,经过了反复修改。若只讲平易,杜甫也要成问题了。其次,杨万里主张不依傍他人,形成个人风格。这是毫无疑问的道理。他在《〈荆溪集〉自序》中回忆过自己的写作经历:"始学江西诸君子,既又学后山五字律,既又学半山老人七字绝句,晚乃学绝句于唐人。""戊戌作诗,忽若有悟,于是辞谢唐人及王、陈、江西诸君子,皆不敢学,而后欣如也。"杨万里和陆游的诗,细读都有江西派的影子,但就个性的鲜明而言,杨万里胜过陆游,所以他的诗被称为"诚斋体",这是就其风趣平易的一面而言的。他的一部分小诗张口即来,巧妙可亲,就连七律也能写得嬉皮笑脸,如《夏夜诚斋望月》:"山居道是没空庭,不道诚斋敞更明。万里青天元是水,半轮皎月忽成冰。只今夏热已如此,若到秋高何似生。玉兔素娥兼老子,三家一样雪鬅鬙。"而他大量的近体诗,则端庄浑厚,和陆游一样,都很靠近杜甫,如《送丘宗卿帅蜀三首》之二:"人似隆中汉卧龙,韵如江左晋诸公。四川全国牙旗底,万里长江羽扇中。玉垒顿清开宿雾,雪山增重起秋风。近来廊庙多西帅,出相谁言只在东。"一个人既要有个性,又不能局限于这个性。胡适为新文学张目,只顾矫枉,不管过正,没看到问题的另一面。

胡适读赵翼诗,很赞赏,由此引发一段议论,正可应证前言:

"宋以后,做诗的无论怎样多,究竟只有一个'通'字为第一场试验,一个'真'字为最后的试验。凡是大家,都是经过这两场试验来的。大凡从杜甫、白居易、陆游一派入门的,都容易通过'通'字的试验,正如从八家古文入手的,都容易通过文中的'通'字第一关。历史上所以不承认这两大支为诗文的正统者,其实只是一个'通'字的诀窍。'真'字稍难。第一要有内容,第二要能自然表现这内容,故非有学问与性情不能通过这第二关。"

找"做诗如说话"的作品,邵雍自然是最现成的例子,司马光和程颢,差不多都可以归入"击壤体"。说差不多,是因为司马光这几个,还没白话到邵雍的程度,性情也不同。邵雍是有一点油滑的,司马光等却还守着一定的规矩。程是理学诗,太注意讲"理",不如司马光自然。胡适没有大讲特讲朱熹,其实朱熹的文艺天分很高出前面几位,作诗虽然不刻意,一鳞半爪,能看出才气来。朱子自言作诗从陶柳入门,也推重韦应物。《六月十五日诣水公庵雨作》:"云起欲为雨,中川分晦明。才惊横岭断,已觉疏林鸣。空际旱尘灭,虚堂凉思生。颓檐滴沥余,忽作流泉倾。况此高人居,地偏园景清。芳馨杂悄蒨,俯仰同鲜荣。我来偶兹适,中怀淡无营。归路绿泱漭,因之想岩耕。"读来确有几分韦诗的味道,但语言的精美不及。朱熹的五古与他流传较广的七绝不同,更典雅庄严。

朱诗语言平淡而富理趣,《武夷棹歌》十首,本是风景记游诗，却处处禅机。其中不少句子，如"月满空山水满潭"，"猿鸟不惊春意闲"，像是从禅宗灯录里摘出来的，俨然又一套廓庵师远禅师的《十牛图颂》：

> 五曲山高云气深，长时烟雨暗平林。
> 林间有客无人识，欸乃声中万古心。
> 六曲苍屏绕碧湾，茆茨终日掩柴关。
> 客来倚棹岩花落，猿鸟不惊春意闲。

事实上很多禅诗都符合胡适心中白话诗的标准，更早的还有王梵志和寒山。从历史渊源上讲，白话文学的历史几乎和文学史一样长。胡适著《白话文学史》，想说明的就是这一点。但白话文学也好，文言文学也好，如前所言，第一要通，第二要真。真，就是胡适说的"我手写我口"；通，如林纾所言，"非读破万卷，不能为古文，亦并不能为白话"。在这里，"通"中不言而喻的，还有一层"雅"的要求，或者说"美"的要求。即使直接采口语入诗，还是要经过艺术处理，总不能随便捞出几句话就说是诗。

2017 年 8 月 28 日改定

# 周氏兄弟的短文

周氏兄弟在日本编译《域外小说集》,《知堂回想录》第八十六节"弱小民族之文学",讲到此书出版前后的事情。卷首序言,出自鲁迅之手,作于1909年初:

> 《域外小说集》为书,词致朴讷,不足方近世名人译本。特收录至审慎,迻译亦期弗失文情。异域文术新宗,自此始入华土。使有士卓特,不为常俗所囿,必将犁然有当于心,按邦国时期,籀读其心声,以相度神思之所在。则此虽大涛之微沤与,而性解思惟,实寓于此。中国译界,亦由是无迟暮之感矣。

周作人说:"短短的一小篇序言,可是气象多么的阔大,而且也看得出自负的意思来,这是一篇极其谦虚也实在高傲的文字了。"

"近世名人译本",系指当时风靡一时的林译小说。林纾的译文,如小说月报社恽铁樵在回复周作人投寄《炭画》译稿时所说,"笔墨腴润轻圆,如宋元人诗词",周氏兄弟则主张直译,"竭力保存西人面目",又多用古奥词语,结果"行文生涩",不能通俗。鲁迅的序,直言有意走与林纾不同的路,但认真处在于编选谨慎,翻译务求传达原著的精神气韵,所以,不为世俗所限的有识之士,自能理解他们的苦心。鲁迅说,此书问世,外国的新文艺新思想,从此传入中国,中国的翻译界,得以从暮气沉沉中解放出来。

序言不算标点,只有一百一十余字,转折递进,三四个层次,将他们译介外国文学的宗旨,翻译的原则,讲得清清楚楚。此时的鲁迅,不过二十八岁,文章已精炼老辣如此,同时又带着年轻人的自信和狂放。

读这篇序文,很容易想到知堂自己多年后所作的《知堂说》,差不多同样的字数,同样的丰富内涵,能够令人反复回味:

> 孔子曰,知之为知之,不知为不知,是知也。荀子曰,言而当,知也;默而当,亦知也。此言甚妙,以名吾堂。昔杨伯起不受暮夜赠金,有四知之语,后人钦其高节,以为堂名,由来旧矣。吾堂后起,或当

作新四知堂耳。虽然，孔荀二君生于周季，不新矣，且知亦不必以四限之，因截其半，名曰知堂云尔。

古人的短文，如苏黄的题跋札记，直到明清人的小品，前者随性，后者刻意，均以情调取胜。汉人的箴铭，言简意赅，以精警著称。周氏兄弟这两篇短文，既非小品一路，也不是箴铭之类，说理言志，承袭的是韩愈的衣钵。韩愈的《杂说》四篇，都是这路作法，而以《龙说》和《马说》最富巧思。与《龙说》写法相似的，还有更加意味深长的《获麟解》：

麟之为灵，昭昭也。咏于《诗》，书于《春秋》，杂出于传记百家之书，虽妇人小子皆知其为祥也。然麟之为物，不畜于家，不恒有于天下。其为形也不类，非若马牛犬豕豺狼麋鹿然。然则虽有麟，不可知其为麟也。角者吾知其为牛，鬣者吾知其为马，犬豕豺狼麋鹿，吾知其为犬豕豺狼麋鹿。惟麟也，不可知。不可知，则其谓之不祥也亦宜。虽然，麟之出，必有圣人在乎位。麟为圣人出也。圣人者，必知麟，麟之果不为不祥也。又曰："麟之所以为麟者，以德不以形。"若麟之出不待圣人，则谓之不祥也亦宜。

麟本吉祥之物，但其形状不与任何我们熟悉的动物相近，又世所罕见，纵然跑到世上来，大家也不认识。它是不可知的。不可知，视为不吉祥也可以。麟的神秘感，使它具有矛盾和悖谬性质。博尔赫斯因此赞叹说，韩愈说麟，如古希腊哲学家芝诺的阿基里斯追不上乌龟的悖论一样，是卡夫卡的思想先驱。

知堂批判韩愈，终生不辍，鲁迅对韩愈似乎也没好感。韩愈，还有其后的王安石和苏轼，都与八股文的形成有密切关系。知堂痛恨八股文，但和鲁迅一样，少年时代饱受八股文的熏陶。八股文代圣人立言，讲空话，讲废话，固不足取，但在文章章法和音韵和谐上，毕竟是很好的训练。起承转合不是别的，就是很实用的一种文章结构。有此基础，写文章，至少不会胡言乱语，毫无逻辑。《〈域外小说集〉序》得韩文的严谨，也有苏轼的旷逸，《知堂说》围绕一个"知"字穷打猛攻，本身就是一篇具体而微的八股文。

今人作文，以两三百字的篇幅，把一件事讲明白，道理说清楚，且有余意，恐怕是不容易的。即如作序，只拿出寥寥数百字，先不说好不好，恐怕编辑和读者都会觉得作者是很不认真的吧。

2018 年 10 月 24 日

## 知堂谈鲁迅小说

周作人在《关于鲁迅之二》中说,鲁迅小说所受影响,一是果戈理,二是显克微支,三是夏目漱石。"高尔基虽已有名……但豫才不甚注意,他所最受影响的却是果戈里,《死魂灵》还居第二位,第一重要的还是短篇小说《狂人日记》、《两个伊凡尼支打架》,喜剧《巡按》等。波兰作家最重要的是显克微支……用幽默的笔法写阴惨的事迹,这是果戈里与显克微支二人得意的事。《阿Q正传》的成功其原因亦在于此,此盖为不懂幽默而乱骂乱捧的人所不及知者也。……豫才后日所作小说虽与漱石作风不似,但其嘲讽中轻妙的笔致实颇受漱石的影响,而其深刻沉重处乃自果戈里与显克微支来也。"

这是我读到的关于鲁迅小说的最言简意赅的论述。

知堂与鲁迅合作编译《域外小说集》,有些作家,如显克微支,是他们两人都喜欢的。知堂似乎特别喜欢显克微支，而鲁迅更爱果戈理。小说集所选诸作家，知堂说："豫才所最喜欢的是安特来夫"，"此外有伽尔洵"。这两位俄国作家，知堂没兴趣，对于鲁迅的喜欢，也不理解，故文中说，鲁迅喜欢安特来夫，"或者这与爱李长吉有点关系罢，虽然也不能确说"。真是善谑。

周作人外表上，以及在文字里，始终是温吞水脾气，说话总是很淡的口气，即使表达强烈的情绪时也如此。林语堂就说过，周作人说话，声音不高，不紧不慢，即使很激动的时候也是如此。我知道有这种性格的人，淡然是一方面，隐忍是另一方面。隐忍下来的事，若不能以心力逐次化去，积久生变，遇到一件小事，就发作出来，而且一发作就没有圆转的余地。其实也是一种极端。安特来夫和伽尔洵这样的作家，如尼采所言，留下的是"以血书写"的文字，很不投合他日本式的"枯淡"口味，而这种冷静、直接、犀利到残酷的小说，恰恰是年轻的鲁迅最爱的。安特来夫和伽尔洵的文字固然峭艳，与李贺却有什么关系？

《关于鲁迅》又谈到鲁迅的悲观："豫才从小喜欢'杂览'，读野史最多，受影响亦最大，——譬如读过《曲洧旧闻》里的'因子巷'一则，谁会再忘记，会不与《一个小人物的忏悔》所记的事情同样的留下很深的印象呢？在书本里得来的知识上面，又加上亲自从社会里得来的经验，结果便造成一种只有苦痛与黑暗的人生观，让他无条件（除艺术的感觉外）的发现出来，就是那些作品。从这一点说来，《阿Q正传》正是他的代表作，但其被普罗批评家所曾痛骂也正是应该的。这是寄悲愤绝望于幽默，在从前那篇小文里我曾说用的是显克微支夏目漱石的手法，著者当时看了我的草稿也加以承认的，正如《炭画》一般里边没有一点光与空气，到处是愚与恶，而愚与恶又复厉害到可笑的程度。"连同以下意思，都说得精辟："有些牧歌式的小话都非佳作，《药》里稍露出一点的情热，这是对于死者的，而死者又已是做了'药'了，此外就再也没有东西可以寄托希望与感情。不被礼教吃了肉去就难免被做成'药渣'，这是鲁迅对于世间的恐怖，在作品上常表现出来，事实上也是如此。"

"牧歌式的小话"，不知他是指哪些，大概是回忆童年情景的散文化的那几篇吧，如《故乡》《社戏》，甚至《风波》。鲁迅的第一篇小说，用文言文写成的《怀旧》，情形类似。这几篇，作为短篇小说，《风波》和《怀旧》都是杰作。写辛亥革命，从一个很小的侧面写出，其中的针砭，比万言宏文更加深刻和生动。读《风波》和《药》，我总是想起俄国作家蒲宁针对俄国革命说的那些无比悲哀的话。事实证明，鲁迅的绝望并不是文人的多愁善感，无病呻吟，而是无情的现实使然。

因子巷故事，见朱弁《曲洧旧闻》卷一："山阳郡城有金子巷者，莫晓其得名之意。予见郡人，言父老相传，太祖从周世宗取楚州，州人力抗周师，逾时不能下。既克，世宗命屠其城。太祖至此巷，适见一妇人断首在道卧，而身下儿犹持其乳吮之，太祖恻然，为返命，收其儿，置乳媪鞠养巷中。居人因此获免，乃号因子巷，岁久语讹，遂以为金，而少有知者。"

这个故事可以帮助我们理解鲁迅的悲悯和爱。

2015 年 11 月 23 日

## 成吉思汗是日本人？

这些年，常在报上看到各种奇怪的考证和发现。因为奇怪到匪夷所思，让人觉得脑子和阑尾一样，多余得像"沙漠里的割草机"。又因为奇怪，宣传效果不一般的好，很多人在因为闻所未闻而心生感佩之余，不免"脑洞大开"，诧为千古奇观了。没上过大学的农民破解了全部甲骨文，十几岁的孩子在古玩市场上集齐中国历代货币，年轻女子揭开耶稣东来的惊天秘密，诸如此类，不一而足。

前些年，有所谓古诗词的误读纠正，弄得我这个自以为酷爱唐诗宋词的人无限惶恐，对大学的教材和老师都怨恨起来，因为他们教错了。纠正的著名例子，如"天子呼来不上船"，说那船不是小舟扁舟摩天轮之类的水上交通工具，是衣领。李白不上船，是要潇洒，故意不扣好衣领。同样出自杜诗的"床头屋漏无干处"，说屋漏不是屋里漏雨，那两个字是名词，指房屋的西北角。再有就是中学生多半会背的《滕王阁序》,其中的名句"落霞与孤鹜齐飞",说落霞是一种蛾子,野鸭在空中追逐蛾子吃,所以非得与之"齐飞"不可。相反,霞是不会飞的。

做学问难,被前人几千遍做过的学问更难。你能想到的,别人当然也想得到。前人生在你前头好多年,他说了,拿了专利,你就不能再说。别出新义,除非你是绝顶天才,五百年才出一个的那种,否则必须下很死的死功夫。然而下死功夫很累不说,效率还低,赚不到钱也赚不到名。那么,你真得"别出心裁"——简称别裁——这其实也简单,胆子够肥就好。举个例子:床是睡觉的家伙,可是牙床也是床,河床也是床,机床车床也是床,那么,床前明月光,为什么不可以是照在牙花子上,照在河边,或者照在车间里呢?倘是第一种情况,李白之所以睡不着觉,并因此想家,显是因为牙疼,也许止疼药留在老家了吧?倘是第二种情况,李白半夜在河边徘徊,不是想投水自杀是什么?至于第三种情况,那就更好:李白写出了产业工人受压迫,日夜劳作不得休息的痛苦。后两种解释,境界不是比他独自苦哈哈地想家要高尚得多吗?(当然了,床有井栏的意思。郎骑竹马来,绕床弄青梅。这里的床说是屋里睡觉的床也行,说是门外的井床也行。静夜思呢,依我看,还是躺在床上看月亮比较舒服吧,后面失眠起来也方便。"后园凿井银作床",银床铁定该是井栏了吧,可是古人偏不按牌理出牌。井栏谁舍得拿银子做,为了好听你管它叫银床,我睡觉的床虽然是木头的,可是我喜欢,为何不能叫银床?结果,"冰簟银床梦不成",银子太凉,还是没睡好。)

我们知道,喜欢戴假发、喜欢穿黄裙子的杨贵妃三十八岁在马嵬坡被缢死,"义髻抛河里,黄裙逐水流"。可是日本人喜欢她,舍不得她死于非命,于是便有传说,玉环女士实不曾死,被怜香惜玉者救下,坐船逃到日本去了。读宋人笔记,发现宋人特别看重做学问,觉得比吟诗作赋更高端,做学问的,语不惊人死不休者也真不少。吴曾是精于考辨的,又是江西人,他的《能改斋漫录》是宋人笔记中的顶尖之作,然而其中就说:"落霞非云霞之霞,盖南昌秋间有一种飞蛾,若今所在麦蛾是也。当七八月间,皆纷纷堕于江中,不究所自来,江鱼每食之,土人谓之霞,故勃取以配鹜耳。"也许南昌人真把飞蛾叫落霞,可是山西人王勃不一定知道。王勃到南昌参加滕王阁宴会,来去匆匆,主人未必来得及告诉他虫子的当地称呼,除非被野鸭追得无路可逃的蛾子正好扑到他脸上。

鲁迅在《马上支日记》里讲了两件新奇考辨的故事。其一出自秀才出身、诗作得很好、人相当有气节的吴大帅佩孚先生。吴大帅"在一处宴会的席上发表,查得赤化的始祖乃是蚩尤,因为'蚩''赤'同音,所以蚩尤即'赤尤','赤尤'者,就是'赤化之尤'的意思"。蚩尤可是比十九世纪早多了啊。

第二个例子,出自日本人佐佐木照山的一篇关于《穆天子传》的文章。鲁迅说:"记得先前在日本东京时,看见《读卖新闻》上逐日登载着一种大著作,其中有黄帝即亚伯拉罕的考据。大意是日本称油为'阿蒲拉',油的颜色大概是黄的,所以'亚伯拉'就是'黄'。至于'帝',是与'罕'形近,还是与'可汗'音近呢,我现在可记不真确了,总之:阿伯拉罕即油帝,油帝就是黄帝而已。"

转眼又是百年,还有那么多人效仿佐佐木式的考证,而微信朋友圈和微博里还趋之若鹜,当真把自己当成了野鸭子,把落霞当成了美味吗?

周一良在《日本推理小说与清朝考据之学》一文中讲了类似的一件事。日本历史记载,镰仓幕府创建者源赖朝的异母弟源义经屡立战功,遭到源赖朝妒忌,出奔割据本州北部的藤原氏。源赖朝派兵征讨,源义经战死。大概这源义经像中国的项羽,虽败而民间同情,成为戏曲小说中的英雄,乃至传说他没有战死,而是逃到了北海道虾夷人的地区。后有文人编书,说他由北海道到了库页岛及中国东北，子孙成为金国的将军。再后来，有人考证源义经就是成吉思汗。推理小说家高木彬光据此写了一部小说，《成吉思汗的秘密》，大展神通推断道：成吉思汗的父亲叫也速该，正是日语的虾夷海；成吉思汗名叫铁木真，是日语的"天神"，是日本人对源义经的尊称；成吉思汗四个汉字，按日语读法分解为"吉成，思水干"，吉代表吉野，是源义经与爱妾诀别、发誓再见之地，吉成意思是"吉野的誓言必将实现"，水干是艺妓的服装，代指爱妾。思水干当然是思念爱妾之意。最后，高木把成吉思汗四个汉字用万叶假名方式，读成"重温旧梦"。于是，源义经就真真确确成了成吉思汗。

唐朝的优伶为了逗皇上开心，说三教的大圣都是妇人。如来是妇人，因为《金刚经》里说，"敷座而坐"，不是妇人，何须夫坐而后坐也？老子是妇人，因为他说过，"吾有大患，为吾有身"，不是妇人为何苦于有身娠呢？至于孔子他老人家，他说得更明白，"吾待嫁（价）者也"。和侯宝林的"歪批三国"异曲同工。

侯宝林，陪唐懿宗玩的表演艺术家李可及，以及唐懿宗和身边的听众，人家做梦的时候，知道自己是在做梦。我们现在做梦的，不知道自己是在做梦。

文章写完，看到刚出的新闻：湖南大学某教授多年研究得出结论,"法国人源于湖南",具体地方是株洲。更早,据他考证,湖南人也是德国人的祖先。

2017 年 6 月 23 日

# 钱氏父子与鲁迅

鲁迅在《准风月谈》后记中剪贴了大量笔战文章,其中有一篇《大晚报》上署名"戚施"的《钱基博之鲁迅论》。钱基博《现代中国文学史》近已重版,但我还无缘得见。戚施的文章对钱基博书中涉及鲁迅的部分介绍说:

"钱氏之言曰,有摹仿欧文而谥之曰欧化的国语文学者,始倡于浙江周树人之译西洋小说,以顺文直译之为尚,斥意译之不忠实,而摹欧文以国语,比鹦鹉之学舌,托于象胥,斯为作俑。效颦者乃至造述抒志,亦竞欧化,《小说月报》,盛扬其焰。然而诘屈聱牙,过于周诰,学士费解,何论民众?"

"钱先生又曰,自胡适之创白话文学也,所持以号于天下者,曰平民文学也,非贵族文学也。一时景附以有大名者,周树人以小说著。树人颓废,不适于奋斗。树人所著,只有过去回忆,而不知建设将来,只见小己愤慨,而不图福利民众，若而人者，彼其心目，何尝有民众耶！钱先生因此而断之曰，周树人徐志摩为新文艺之右倾者。是则于鲁迅之创作亦加以訾謷，兼及其思想矣。"

总括起来，钱基博对鲁迅的批评是这么两点：1，鲁迅的直译影响到文坛，造成诘屈聱牙的欧化文风；2，鲁迅思想颓废，右倾，个人主义。

鲁迅早期的译文，确有"硬译"的毛病，鲁迅早期的几篇重要文字，如《文化偏至论》《摩罗诗力说》《破恶声论》，确如他所说的，"诘屈聱牙，过于周诰"，这是受了章太炎的影响。鲁迅思想中的颓废成分，也不能简单否定。但鲁迅自己的文风，却是既晓畅又犀利的，他写景抒情，回忆往事，按照需要，既可从容委婉，又能华丽精粹，迄今仍是我们学习的典范。至于说鲁迅心中无民众，右倾，与事实相距太远，无须辩驳。

出人意料的是，鲁迅对钱基博的批评，并未逐一反驳，只说："这篇大文，除用戚施先生的话，赞为'独具只眼'之外，是不能有第二句的。真'评'得连我自己也不想再说什么，'颓废'了。然而我觉得它很有趣，所以特别的保存起来，也是以备'鲁迅论'之一格。"虽微有讽刺的意思，心态却很平和。为什么呢？大概是因为鲁迅尚未读到原书，戚施的转引，不一定可靠，也不一定全面。二是因为——

我的猜想——鲁迅觉得钱基博对于新文学，所知不多，外行人说话，不必在意。说"独具只眼"，说"很有趣"，言外之意大概即在此。

因为钱基博，想起钱锺书对于鲁迅的态度。这方面的文章不少，我也对此好奇。好在鲁钱两位都是景仰的前辈，他们的著作读得较多。说起来，现时并没见到新资料，钱先生对鲁迅，无非还是读者耳熟能详的两条，一是尽量不提，二是万一躲不开，不得不赞扬，不得不说场面话，后面加以"但是"。我们都知道，一句话一段话加了"但是"二字，那"但是"之前的赞扬，不管多长，多具体，都不过是修饰，是假设，都被"但是"否定掉了。"但是"之后的话才是主旨所在，哪怕之后只有一个省略号，也足以把前面全部推翻。有一次，在回答记者的提问时，钱先生说："鲁迅的短篇小说写得非常好，但是他只适宜写'短气'的篇章，不适宜写'长气'的，像是阿Q便显得太长了，应当加以修剪才好。"这显然不是赞，而是批评。再一例，1986年，钱先生以中国社会科学院副院长身份出席北京"鲁迅与中外文化国际学术讨论会"，在致开幕词时，他说："鲁迅是个伟人，人物愈伟大，可供观察的方面就愈多，'中外文化'是个大题目，题目愈大，可发生的问题的范围就愈广。中外一堂，各个角度、各种观点的意见都可以畅言无忌，不必曲意求同。"道理是没错,但话外之意,显然不满对鲁迅一窝蜂的赞扬,而提醒与会者,鲁迅是可以批评的,鲁迅的方方面面,可以批评的地方很多。

钱锺书对古代人物,态度比较宽容。即使不太出名的作家学者,但有一点可取,也会在著作中表出。而对同时人物,则相对严苛,"时贤"的著作,不轻易引用,更别提称扬了。他的冷漠,并不独对鲁迅。但鲁迅和他们夫妇,确实有一点"恩怨",那便是众所周知的鲁迅在"女师大风潮"中对杨绛姑母杨荫榆的痛批。杨绛回忆姑母的文章,写得心平气和,对此一笔带过,但怨恨和惆怅之情,细味还是能够感觉得出来,比如这两处文字:"一九二四年,她做了北京女子师范大学的校长,从此打落下水,成了一条'落水狗'。""她跳出家庭,就一心投身社会,指望有所作为。她留美回国,做了女师大的校长,大约也自信能有所作为。可是她多年在国外埋头苦读,没看见国内的革命潮流;她不能理解当前的时势,她也没看清自己所处的地位。如今她已作古人;提及她而骂她的人还不少,记得她而知道她的人已不多了。"后一段不是说鲁迅,说的是那些因袭了鲁迅对杨荫榆的看法的人。钱锺书不知是否也受了这种情绪的影响。他也许"有理由"不把鲁迅的学问当回事,但鲁迅的《中国小说史略》,他总可以说几句。

钱锺书虽然不太情愿赞扬鲁迅的小说,但他自己的小说《上帝的梦》,显然受了鲁迅《补天》的影响。

2014 年 2 月 7 日

# 林语堂《八十自叙》

林语堂的《八十自叙》系用英文写出,台湾远景所出,是宋碧云的译本,国内还有其他译本。第十章"三十年代",讲到《语丝》,说杂志系由周作人、周树人、钱玄同、刘半农、郁达夫等人主办。林语堂说:"周氏兄弟在杂志上往往是打前锋的。"他们每两周聚会一次,通常在星期六下午,地点是中央公园(今北京中山公园——编注)来今雨轩茂密的松林之下。

"周作人经常在场。他文如其人,说话慢吞吞的,激动时也不提高嗓门。他哥哥鲁迅正好相反,批评死对头时得意起来,往往大笑出声。他身材矮小,留了一脸毛碴碴的胡须,两颊凹陷,始终穿长袍马褂,看起来活像鸦片烟鬼。很少人想到他竟以'一针见血'的痛快评论而知名。"

对周氏兄弟的为人,林语堂似有微辞:"两个人都通晓人情世故,被人称作'绍兴师爷',几百年来,各地的县衙府衙都出过绍兴师爷，能以圆滑的字句来揭人长短。他们专和段祺瑞政府过不去。鲁迅不声不响从教育部支领薪水。"形容绍兴师爷那句话，简体字版译为"巧妙地运用一字之微，就可以陷人于绝境，致人于死地"。未查原文，但感觉宋译没说到点子上，简体字版又下字太狠。

鲁迅和林语堂早先是好友，后因细故闹翻，鲁迅去世的消息传来，远在纽约的林语堂作文悼念，文章用半文言，颇有明末小品的风格。对鲁迅的描画，比喻生动，但褒贬界限模糊。贬以正言出之，不觉其贬；褒中别有怀抱，读者感觉是讽刺，然而定睛细看，又不能说是讽刺。鲁林二人的关系，彼此心中都是清楚的。鲁迅虽死，盛名犹在，林语堂有话要说，也不能不说，然而如何说才算妥当，才不委屈自己，实在很难。林语堂和今之名人最大的不同，在其光明磊落。他在文中坦承与鲁迅的分歧：

"鲁迅与我相得者二次，疏离者二次，其即其离，皆出自然，非吾与鲁迅有轻轩于其间也。吾始终敬鲁迅；鲁迅顾我，我喜其相知，鲁迅弃我，我亦无悔。大凡以所见相左相同，而为离合之迹，绝无私人意气存焉。"这段话，颇有几分苦涩，显出他的惋惜和无奈，其中有真情，又不失君子之大度。

"《人世间》出，左派不谅吾之文学见解，吾亦不愿牺牲吾之见解以阿附初闻鸦叫自为得道之左派，鲁迅不乐，我亦无可如何。鲁迅诚老而愈辣，而吾则向慕儒家之明性达理，鲁迅党见愈深，我愈不知党见为何物，宜其刺刺不相入也。然吾私心终以长辈事之，至于硁硁小人之捕风捉影挑拨离间，早已置之度外矣。"

与鲁迅观点相左而始终尊之如长辈，这话若出时贤之口，我不会轻易相信。出于林语堂之口，我不怀疑。鲁迅对于左派，出于救世的激情而愿意助力，虽非轻信而近于轻信；林语堂性情温和，在艺术中独得其乐，不肯入政治旋涡而自污，"闻鸦叫自为得道"的人，其后之所为，一团浆糊，似乎很可印证林语堂的话，然而鲁迅先生已经看不见了。

关于《人世间》问题，鲁迅在致曹聚仁的信中是这样说的："语堂是我的老朋友，我应以朋友待之，当《人间世》还未出世，《论语》已很无聊时，曾经竭了我的诚意，写一封信，劝他放弃这玩意儿，我并不主张他去革命，拼死，只劝他译些英国文学名作，以他的英文程度，不但译本于今有用，在将来恐怕也有用的。他回我的信是说，这些事等他老了再说。这时我才悟到我的意见，在语堂看来是暮气，但我至今还自信是良言，要他于中国有益，要他在中国存留，并非要他消灭。他能更急进，那当然很好，但我看是决不会的，我决不出难题给别人做。"从这里可以看出，林语堂对鲁迅是有误解的。嵇康致山巨源书中有一段很好的话："夫人之相知，贵识其天性，因而济之。禹不逼伯成子高，全其节也；仲尼不假盖于子夏，护其短也；近诸葛孔明不逼元直以入蜀，华子鱼不强幼安以卿相，此可谓能相终始，真相知者也。"鲁迅说"我并不主张他去革命"，"只劝他译些英国文学名作"，正是真相知的表现。

悼文后半部，林语堂为鲁迅作素描：

"鲁迅与其称为文人，不如号为战士。战士者何？顶盔披甲，持矛把盾交锋以为乐。不交锋则不乐，不披甲则不乐，即使无锋可交，无矛可持，拾一石子投狗，偶中，亦快然于胸中，此鲁迅之一副活形也。德国诗人海涅语人曰，我死时，棺中放一剑，勿放笔。是足以语鲁迅。

"鲁迅所持非丈二长矛，亦非青龙大刀，乃炼钢宝剑，名宇宙锋。……于是鲁迅把玩不释，以为嬉乐，东砍西刨，情不自已，与绍兴学童得一把洋刀戏刻书案情形，正复相同，故鲁迅有时或类鲁智深。故鲁迅所杀，猛士劲敌有之，僧丐无赖，鸡狗牛蛇亦有之。鲁迅终不以天下英雄死尽，宝剑无用武之地而悲。路见疯犬，癞犬，及守家犬，挥剑一砍，提狗头归，而饮绍兴，名为下酒。此又鲁迅之一副活形也。"

形容鲁迅与无赖及疯犬交锋，大似堂吉诃德冲杀群羊，大战风车。林语堂此处不无调侃之意，而我觉得悲哀。鲁迅一辈子与黑暗势力对抗，决不妥协，身上确有堂吉诃德的影子。堂吉诃德是真的癫狂，浪漫主义者拔其癫狂到理想主义的高度，不过是"寄酒为心迹"的惯技，鲁迅却是真正的战士，面对的是残酷的现实。鲁迅喜欢的西方哲人，如尼采和叔本华，也是如此。

《八十自叙》中还谈到郁达夫："另外一个为《语丝》增色的会员是诗人兼小说家郁达夫。有他在，话题便生动起来。郁达夫好酒，和鲁迅过从甚密。我们坐在老藤椅上，他常抚弄他的小平头，显得狂放任性又满足。他的艳妻和一个大官有暧昧关系，舍他而去。他寂寞又伤心，抗日时期跑到印尼。日本人探出他的身份，据说对他很礼遇。但是战后撤军的时候，将他和其他的人一起射杀，这是通盘的政策。"

"漂亮的妻子"译为"艳妻"，实在不成话。简体字译本译作"他那美丽的妻子王映霞后来和某钜公许绍棣发生了暧昧关系"，直接点出"大官"的名字。

2016 年 2 月 18 日

## 王叔岷谈庄子

台湾研究庄子的学者,首推王叔岷先生。中华书局引进过一套他的作品集,我读过其中的《庄子校诠》,觉得是几十年来,庄学领域难得的好书。

读庄子,最重要的书是郭庆藩的《庄子集释》,郭注和成疏都包括其中,还对陆德明《庄子音义》中引用的司马彪的注有所补充,是集大成的著作。简明一点的,有王先谦的《庄子集解》。中华书局版把刘武的《庄子集解内篇补正》一并收入。有了这三种书,庄子原文的阅读就基本没问题了。再需参考,则不妨读读《庄子校诠》。

庄子一部书里,讲了那么多以孔子及其弟子为主人公的寓言故事。那么多的精彩理论,借孔子及其弟子之口讲出。尽管多有对孔子救世理想的不苟同,对孔子知其不可为而为之的行为的不理解,还有几处对孔子本人和儒家后学犀利的讽刺,但庄子与孔门非同寻常的亲密关系,是难以否认的。所以近代学者如郭沫若等人,都认为庄子出自孔子后学,要么出自子夏、田子方一系,要么出自颜回一系。

关于这个问题,王叔岷做过一次演讲,题目是"论庄子所了解之孔子"。他说:"一般尊崇孔子的学者,大都从经典之内去了解孔子,庄子独能跳出经典之外去了解孔子,他所了解的孔子,我认为更高一层。他假托一些故事来表达孔子的言行,不为儒家所限。"因为《庄子》中有几篇对孔子攻击很激烈,这就成了庄子出自孔门说法的一大矛盾,但王叔岷有自己的解释。他还说:"《庄子》中真正诋訾儒家人物,并非诋訾孔子的,是《外物》篇所记的一个盗墓故事。"这个故事并没有诋訾孔子,"是诋訾儒家假道学不肖之徒"。"凡是不择手段争名夺利都是盗墓。"

《外物》篇的故事非常有名:"儒以《诗》《礼》发冢,大儒胪传曰:'东方作矣,事之何若?'小儒曰:'未解裙襦,口中有珠。''《诗》固有之,曰:"青青之麦,生于陵陂。生不布施,死何含珠为!"接其鬓,压其𩓥,儒以金椎控其颐,徐别其颊,无伤口中珠。'"

王先生的解释,大概是受了章太炎的启发。章太炎说庄子,新意迭出,如他解释庄子攻孔子:"七国儒者,皆托孔子之说以糊口,庄子欲骂倒此辈,不得不毁及孔子,此与禅宗呵佛骂祖相似。"东坡因《渔父》和《盗跖》两篇骂孔最甚，以为伪作，他也许没想到此一层。章太炎又说，庄子书中，自老子之外最推崇颜子，从无贬语。这也很有启发性。颜回居陋巷，一箪食，一瓢饮，人不堪其忧，他不改其乐，有隐士风范。他又极有道德操守，这都和讲究"全德"的庄子一派不谋而合。

章太炎说，道儒同源，儒出于老，庄出于儒，又回到道。儒道能互补，正因为同源。

王叔岷在回忆录中说，《庄子》书中的孔子故事，最喜欢《山木》中的一段：孔子"徐行翔佯而归，绝学捐书，弟子无挹于前，其爱益加进"。屡屡提及。在自作《退休》诗中仍然念念不忘："为惜寸阴退不休，驰光逝水信难留。捐书绝学翔佯去，愧读南华述孔丘。"这段故事，前面是孔子问子桑雽，他周游列国，为什么会到处碰壁？"再逐于鲁，伐树于宋，削迹于卫，穷于商周，围于陈蔡之间"，以至于亲交益疏，徒友益散？子桑雽告诉他，有个叫林回的人逃亡的时候，舍弃了价值千金的玉璧，背着婴儿奔跑。有人就议论说："林回是为了钱财吗？婴儿的价值太少了；是为了怕拖累吗？婴儿的拖累太多了。舍弃千金的玉璧，背着婴儿跑，到底是为了什么呢？"林回说，玉璧与我，是一种利益关系（利合），婴儿和我是天性相亲（天属）。"夫以利合者，迫穷祸患害相弃也；以天属者，迫穷祸患害相收也。

夫相收之与相弃亦远矣。"接下来就是那段著名的话："君子之交淡若水,小人之交甘若醴。君子淡以亲,小人甘以绝,彼无故以合者,则无故以离。"孔子听罢,深为叹服,于是慢悠悠地,清闲自在地回去,书本也丢开了,学问也不做了,学生们不再在他跟前侍奉,然而对老师却更加敬爱了。

  王叔岷的回忆录,名叫《慕庐忆往》。在书中,王叔岷自言一生有三不:不为人作序,不和人诗,不食圆形物。前两则都好理解,作序必多溢美之词,唱和他人的诗不一定都能有感而发。他年轻时著《庄子校释》,傅斯年两次表示愿为作序,都被他婉拒。王叔岷认为,个人著作,一则好坏自己负责,无须前辈夸赞,二则万一错误太多,势必累及关心自己的前辈。"自幼即不食圆形物,见之则厌,至今亦然,殊不能自解也。所谓圆的东西,尤以豆类为甚。"这是心理因素,也许与幼时的经历有关。

2017 年 1 月 19 日改定

## 碧天无际
## 水空流

二〇〇二年，在为新修版作品集所作的序言里，金庸先生谈到他的武侠小说写作，强调"武侠小说与别的小说一样，也是写人"，"是表现人情的一种特定形式"。旨在"塑造一些人物，描写他们在特定的武侠环境中的遭遇"。但武侠小说有其自身的特点："环境是古代的，主要人物是有武功的，情节偏重于激烈的斗争。"因此，"读者不必过分推究其中某些夸张的武功描写，有些事实上不可能，只不过是中国武侠小说的传统。聂隐娘缩小身体潜入别人的肚肠，然后从他口中跃出，谁也不会相信是真事，然而聂隐娘的故事，千余年来一直为人所喜爱"。金庸说，武侠小说是通俗作品，以大众化、娱乐性强为重点，但对读者也会发生影响，通俗化的形式照样能产生伟大的作品，《水浒传》就是最好的例子。

序言还谈到中国武侠文化的传统。早在司马迁的《史记》中，已经有《游侠列传》和《刺客列传》，其中写到的朱家、郭解、专诸、豫让、聂政和荆轲等人，都是后世侠客的先驱。唐代中晚期，藩镇割据，养士之风再度兴起，唐人传奇里，出现大量的豪侠人物，既有仗义为人的昆仑奴和古押衙，也有为藩镇充当爪牙的红线和聂隐娘。宋元民间讲唱文学流行，在此基础上产生了《水浒传》。与唐传奇的贵族化不同，《水浒传》注入了市民阶层的理想，为武侠小说开辟了新的道路。明清公案小说总体而言，是《水浒传》的反动，虽有除暴安民的主旨，但《水浒》体现的自由精神却已在社会和政治规范中湮灭了。

金庸的武侠小说，吸取史记、唐人传奇、侠义和公案小说以及民国武侠小说技击派和剑侠派之长，开创出前所未有的局面。旧武侠小说中，他受还珠楼主和宫白羽的影响比较深。还珠的作品布局宏大，人物往来于中华大地，远及边塞海疆，乃至穷荒绝域，神奇诡异的人物和神话半神话的鸟兽草木层出不穷，令读者目不暇接。金庸写江湖人物的性格和习气，纯出虚构而给读者非个中人不能道的真实之感，得《十二金钱镖》的神韵而青出于蓝。金庸小说在气质上接近唐人，轻盈飘逸，没有后世的浊重。人物游历的故事缓缓展开，由溪流而大海，一路风光无限，这里又可看出《水浒》的传承……一句话，金庸的武侠小说，实是中国武侠文化的集大成者。

金庸的长篇动辄达一百多万字,篇幅近似《基督山伯爵》,结构和情节的安排,也多取法于大仲马。他的故事总是从一个很小的地方开始,最初出场的人物,往往是无意闯进或被迫进入江湖的外来者,如《射雕英雄传》里的郭靖,《天龙八部》里的段誉,正因为他们对江湖无知,眼光是"天真的",对新世界的一切,无不感到新鲜,觉得超越了以往的人生经验。读者跟随他们的视角,如登高岗,视野不断扩大,如探幽穴,理解逐次加深。西方小说理论有言,取普通读者的视角,也就是一个较"低"的视角来叙事,更容易获得读者的认可和同情,增加一种美学上的惊奇感。福尔摩斯探案采用华生的视角,波洛探案采用黑斯廷斯的视角,道理也正在此。

金庸塑造了众多大英雄的形象,郭靖、杨过、袁承志、张无忌,都从童年写起;《射雕英雄传》《神雕侠侣》《倚天屠龙记》,既是旅途小说,也是成长小说。人世复杂,虚构的江湖也不能例外,好人坏人,都是相对而言,更多的是很难用好和坏来截然判分的灰色人物。金庸超越了类型小说的一个地方,便是写出了人的复杂性。在著名的伪君子岳不群身上,我们可以看出金庸是如何避免人物的线性化和扁平化的。作为名门正派华山派的掌门,岳不群有"君子剑"的美称，事实上，他为人也一向庄重。如果没有《葵花宝典》这样武林秘籍的出现，引发一统江湖的权力欲，他本来可以一直做好人的。他有野心，但他隐忍。一个人如果能一辈子隐恶扬善，他就是一个圣人。然而一旦失足，绝难回头，为了掩饰真相，只得不择手段，因此比寻常的坏人更阴狠毒辣。人是环境的产物，当生死以及其他重要关头，人的选择便造就了人的本质。在一定条件下，好人是坏人，坏人也可以是好人。如此塑造人物，不仅具有深度，而且使得情节更加波澜横生。

在最后的长篇杰作《鹿鼎记》里，金庸出人意料，写了一个"反英雄"人物。韦小宝武功很差，毫无侠客风范，一个小混混，不学无术，谎话连篇，又惯于溜须拍马，招摇撞骗，然而在官场，在江湖，处处如鱼得水，上至康熙皇帝、王公贵族、会党和门派首领，下至草莽英雄、地痞流氓，无不被他玩弄于股掌之中。在某种意义上，《鹿鼎记》是对正统武侠小说的一个颠覆。武侠小说中的世界，是一个理想世界，而韦小宝的故事告诉我们，江湖不是桃花源，诚实、正直、自我牺牲、理想主义，靠这些，未必行得通。要做成事，就得不择手段。有那么多岳不群式的伪善者，有那么多左冷禅式的野心家，有那么多费彬那样为虎作伥的奴才，谦谦君子，能够在江湖存身吗？

附记:袁郊《红线》一篇的结尾,最为金庸称赞。红线辞别,"嵩知不可驻,乃广为饯别,悉集宾客,夜宴中堂。嵩以歌送红线,请座客冷朝阳为词曰:'采菱歌怨木兰舟,送别魂消百尺楼。还似洛妃乘雾去,碧天无际水空流。'歌毕,嵩不胜悲。红线拜且泣,因伪醉离席,遂亡其所在"。冷朝阳诗的尾句,借用来向金大侠告别,也很妥当。又,冷诗乃从李白"孤帆远影碧空尽,唯见长江天际流"而来,李诗也写送别。金庸在《侠客行》所附《三十三剑客图》中的红线篇后写道:"结尾极是飘逸有致。这段文字既豪迈而又缠绵,有英雄之气,儿女之意,明灭隐约,余韵不尽,是武侠小说的上乘片段。"新修版在括号内添加了一段:"凡影视编剧人喜添蛇足,不懂艺术中含蓄之道者,宜连读本文结尾一百次,然后静思一百天;如仍无效,请读钱起《省试湘灵鼓瑟》诗结句'曲终人不见,江上数峰青'一千遍,然后静思三月。如仍无效,只好设法改行了。"这段话,读之令人莞尔。结尾的含蓄是稍有资质的人都能够效仿的,然如袁郊小说中"既出魏城西门,将行二百里,见铜台高揭,而漳水东注,晨飔动野,斜月在林"的文字,做影视的人如何仿效得来?就是写文章的,也罕有如此文笔。

2018 年 11 月 9 日

第三辑

咖啡馆读书

# 谤誉中秋月

描写月亮的诗词，如果只选十几首最为人传诵的，东坡之作至少占了两首，都是写中秋的，一首是《水调歌头·丙辰中秋》（明月几时有），一首是《中秋月》："暮云收尽溢清寒，银汉无声转玉盘。此生此夜不长好，明月明年何处看？"后者作于熙宁十年，他任徐州知州的时候，感叹人生易老，意思如同其《东栏梨花》："梨花淡白柳深青，柳絮飞时花满城。惆怅东栏一株雪，人生看得几清明。"这两首诗都是唐人风格，酷似杜牧或王建。梨花那一首，本来就受了杜牧《初冬夜饮》的影响。杜诗："淮阳多病偶求欢，客袖侵霜与烛盘。砌下梨花一堆雪，明年谁此凭栏杆？"后二句正是苏诗的出处。杜牧还有一首《题禅院》："觥船一棹百分空，十岁青春不负公。今日鬓丝禅榻畔，茶烟轻扬落花风。"也像是隔着两百年时光和苏轼遥相呼应。

彭城是徐州的古称，作于徐州的《中秋月》，东坡称之为彭城观月诗。他到徐州上任,子由陪同,兄弟俩一起度过百余天的好日子。那年中秋,他们泛舟赏月,子由作《徐州中秋》词,词牌用的也是水调歌头:

离别一何久,七度过中秋。去年东武今夕,明月不胜愁。岂意彭城山下,同泛清河古汴,船上载凉州。鼓吹助清赏,鸿雁起汀洲。

坐中客,翠羽帔,紫绮裘。素娥无赖,西去曾不为人留。今夜清樽对客,明夜孤帆水驿,依旧照离忧。但恐同王粲,相对永登楼。

熙宁十年,东坡四十一岁。十八年后,哲宗绍圣三年,他年近六十,自觉已经老迈,在贬谪岭南的途中,遥望他乡明月,想起彭城的中秋夜,不禁在纸上重抄旧诗,并题跋其上:"余十八年前中秋夜,与子由观月彭城作此诗,以《阳关》歌之。今复此夜宿于赣上,方迁岭表,独歌此曲,聊复书之,以识一时之事,殊未觉有今夕之悲,悬知有他日之喜也。"

阳关曲是著名的词牌,因王维《送元二使安西》中的"劝君更尽一杯酒,西出阳关无故人"而得名。东坡自注:"中秋作。本名小秦王,入腔即阳关曲。"音乐的境界,从王诗可以想象。东坡的《阳关曲》有三首,《中秋月》即其中一首。

人在衰颓之年回忆盛时旧事,有人说是安慰,有人说是无奈,不知是安慰更多,还是无奈更多。韩愈诗:"一年明月今宵多,人生由命非由他,有酒不饮奈明何?"王安石诗:"青眼坐倾新岁酒,白头追诵少年文。"都写这种心情。从东坡题跋中,屡见他书写早年诗文及友人之作,像普鲁斯特那样,把一切已经消逝和注定要消逝的,借助回忆唤回,留在文字中,而美其名曰"重新获得的时光"。《记黄州对月诗》情形类似,但回忆中的两位友人均已故去,就愈见悲凉:

"仆在徐州,王子立、子敏皆馆于官舍。而蜀人张师厚来过,二王方年少,吹洞箫饮酒杏花下。明年,余谪黄州,对月独饮,尝有诗云:'去年花落在徐州,对月酣歌美清夜。今日黄州见花发,小院闭门风露下。'盖忆与二王饮时也。张师厚久已死,今年子立复为古人。哀哉。"

文中所引诗句出自作于黄州的《定惠院寓居月夜偶出》的第二首,而第一首中有这样的句子:"饮中真味老更浓,醉里狂言醒可怕。"在黄州的时候,人还当壮年。真正老了,在海南,饮酒更能知味,常常喝得满脸通红,然而心地澄澈,不染纤尘。姜夔词:"仗酒祓清愁,花销英气。"东坡则把这些全抛开了，所以，饮酒只是饮酒，不另生枝节。他一生以言语得罪，酒话、梦话、闲话、玩笑话，一不小心皆成罪证。他又没听说过马克·吐温笔下汤姆·索亚的故事，为防说梦话被人听去而泄密，睡觉前把嘴巴贴起来。

韩愈感叹自己遭人诽谤，作《三星行》诗。三星，指牛斗箕："我生之辰，月宿南斗。牛奋其角，箕张其口。牛不见服箱，斗不挹酒浆。箕独有神灵，无时停簸扬。无善名已闻，无恶声已谨。名声相乘除，得少失有余。"东坡有感于此，在《志林》中说："退之诗云：'我生之辰，月宿南斗。'乃知退之磨蝎为身宫，而仆乃以磨蝎为命，平生多得谤誉，殆是同病也。"韩苏二公都相信遭谤是命宫不好的缘故吗？当然不是。这么说，无非是自嘲罢了。鲁迅不也说自己"命交华盖欲何求"吗？

东坡说，清风明月，是自然的无尽宝藏，我们可以尽情享受。他预料不到的是，身后几百年，就连这两个词也成为忌讳，成为大清盛世无辜著书人的罪名。幸好皇帝也是要过中秋节的，不然，连节日也废了吧。

2017 年 9 月 29 日改定

# 生子当如蔡约之

蔡絛是蔡京的小儿子，他的《铁围山丛谈》，是宋代史料笔记中的名著，记载宋初到绍兴年间的朝廷掌故和琐闻轶事，其中关于他父亲的事迹也很不少。早年读《西清诗话》，非常喜欢，接着读《铁围山丛谈》，印象仍然很好。他的文字简洁朴素，语气亲切，娓娓道来，自有抓住人的力量。打个不恰当的比方，换成白话文，就是孙犁和汪曾祺那一路。读蔡絛，你跟着他走，合卷之前，记不起他是什么人。

在《铁围山丛谈》中，他讲了这样两件蔡京的事。

元符初年的上巳节，侍宴之后，蔡京与群臣一起坐龙舟。轮到他上船，船忽然自岸边荡开，蔡京猝不及防，失足掉进金明池。现场顿时一片混乱，管事者急忙去叫会水的人来救援。没等救援赶到，蔡京已从水中浮出，攀住一根树枝。上了岸，落汤鸡一般。同僚蒋颖叔开玩笑道："元长（蔡京的字）幸免潇湘之役。"蔡京面色不变，拍手大笑，回答说："几同洛浦之游。"周围的人见了，都大为敬佩。

另一件事是，蔡京官拜太师，宾客登门贺喜。蔡絛回忆说，蔡京当时毫无得色，笑语如常，对客人们说："我做官很多年，什么都看明白了，今天位极人臣，当然值得庆贺，但说穿了，也不过是运气好罢了。人间的荣辱，何足计较。"

故事讲完，蔡絛总结说，从这些小事，足见他父亲的风度。

第一件事大约不是编造，毕竟是在大庭广众之间发生的。第二件事则不一定说明问题，因为蔡京那样说，也许只是场面话。王安石拜相，有类似的故事，两相对比，便分出了高下。那是魏泰在《东轩笔录》中记述的：王安石刚被任命为宰相，坐在小阁中，不见宾客，身边只有一二个门生陪坐。大家见他眉头紧皱，一言不发。过了好一会儿，拿笔在窗户上题了两句诗："霜筠雪竹钟山寺，投老归欤寄此生。"然后放下笔，站起身，大家都不知道他心里在想什么。

王安石知变法之难，仍然挺身而出。一旦拜相，便是重任在肩。成败与否与个人荣辱，不在考虑之列。他满腹忧虑，甚至不无伤感，原因就在这里。蔡京的故作豁达，到底掩不住志得意满之情。

在蔡絛笔下，蔡京机智、大度、待人诚恳，比如对待米芾，而且书法高妙，据说榜书天下第一。虽然明知同是官场老手，儿子说老子，多有文过饰非的地方，但一谈到北宋末的奸臣，看待蔡京究竟不似看吕惠卿，心里多少存了些好感。这就是文字之功。

洪迈《夷坚志》记录了蔡京执政时的一桩案子，这个故事，可以一巴掌把《铁围山丛谈》打翻，胜过四库馆臣疾言厉色的批判。

政和初年，宗室郇王赵仲御的第四个女儿，嫁给杨侍郎的孙子。杨的父亲死得早，母亲张氏性格粗暴，经常与儿媳吵架。杨家属于元祐党籍中人，变法派当权，饱受打击，张氏心中愤愤不平，对儿媳妇说：你以为我家是元祐党人，就可以随便欺负，你要知道，形势是会改变的。赵女回娘家，把这话学给父亲听。赵仲御次子赵士骊的妻子吴氏在一旁听见，她经常出入蔡京家，就在蔡京面前打了小报告。蔡京如获至宝，觉得可以借机再给元祐党人一次打击，立即下令逮捕张氏。开封府尹领会上头的意思，指控张氏诽谤朝政，言语切害，罪当凌迟处死。手下两位办事的法吏认为，妇女吵架时的话，竟然要上纲上线到大逆罪，太过分了。府尹大怒，将两位法吏杖死，张氏最终被杀。行刑那天，满城震动，赵仲御心里惊惧，连连感叹：怎么能因此杀人呢？

《宋史·蔡京传》里说："时元祐群臣贬窜死徙略尽，京犹未惬意，命等其罪状，首以司马光，目曰奸党，刻石文德殿门，又自书为大碑，遍班郡国。初，元符末以日食求言，言者多及熙宁、绍圣之政，则又籍范柔中以下为邪等，凡名在两籍者三百九人，皆锢其子孙，不得官京师及近甸。"就是此事背景的一个很好说明。

故事后面说，赵士骊和两个弟弟到街上看张氏受刑，不久三人都突然死掉。闹出事来的吴氏和赵仲御的女儿，却得享高寿，活到八十岁。至于罪魁祸首的蔡京，民间传说，蔡京后来得病，召道士祈祷。道士神游天上，仙吏告诉他，蔡京残酷杀害张氏，上帝极为愤怒，你还来为他祈恩！又说，已经安排将蔡京流放潭州。十年后，蔡京外贬，死于长沙。

《水浒传》里，读者都记得一句话："翻了筒，泼了菜，便是人间好世界。"筒是童贯，菜是蔡京，打倒了这两个人，世界就美好了。实际上，宋徽宗任用的奸臣，不止童蔡二人，当时的"六贼"，除了他们，还有王黼、朱勔、李邦彦和梁师成。这还没算上《水浒》里戏份特别多的高俅。

李商隐和辛弃疾曾异口同声地说：生子当如孙仲谋。有人戏改此话，说：生子当如蔡约之（絛字约之）。《铁围山丛谈》硬是把蔡京写成了天下一等一的谋国良臣。读传记、行状、日记、墓志铭、回忆录,乃至正史野史,这是一个大陷阱:你不知道哪些地方是真的,哪些地方是假的。越到近世,刻书越容易,文字资料越丰富,著文越无遮拦,脸皮随着胆子越来越厚大,读书人只好随时提醒自己,可千万别未老而眼花啊。

2017 年 10 月 20 日

# 王安石的境界

过去在民间，王安石的形象如同曹操，以负面为主。很多人读过《警世通言》中的《拗相公饮恨半山堂》，或者《京本通俗小说》中的《拗相公》，对这位所谓的"拗相公"，不免留下刚愎自用、祸国殃民的印象。宋人杂著记王安石轶事，也总是不吝攻讦乃至歪曲丑化。王安石偶尔不修边幅，便被说成内心诡诈。托名苏洵的《辨奸论》写道：脸脏了要洗，衣服脏了要换，乃是人之常情，有人不讲吃，不讲穿，蓬头垢面，大谈诗书，这难道合乎情理？凡做事不合情理的人，多是大奸大邪。《辨奸论》为古文名篇，然而这段话很不讲理。难道一个人仪容修洁，就一定是谦谦君子？王猛一代谋臣，堪比张良和诸葛亮，却脏兮兮地扪虱谈兵，《辨奸论》列举的反面例子王衍，反而"神姿高彻，如瑶林琼树"。山涛见了，感叹说："谁家母亲生了这样俊秀的孩子！但是误天下苍生者，很可能就是这家伙。"后来果然。

王安石变法的功过，千百年来争议不休，不是专业史家，很难论断是非。袁枚动辄说王安石人无情，诗亦无情，我不信他连王安石悼念年幼夭折的鄞女和写给妹妹及另外两个女儿的诗都没读过。读过还这么说，那也真够糊涂。小时读《神童诗》，读到"墙角数枝梅"，喜欢得不行，从此把诗和作诗的人联系在一起，直到今天，提到荆公的名字，仍似有暗香袭来。以后泛览笔记丛书，在林林总总的传闻中，有几件事，很能显示他的情怀和做人的境界。

王安石做知制诰的时候，吴夫人瞒着他为他买了一个小妾，他忽然见到，很惊奇，问那姑娘是怎么回事，小妾说，是夫人让我来侍奉你的。问她个人情况，小妾说，我本来有丈夫，丈夫是军官，运送军粮翻了船，家产抄没还不够补偿，只好把我也卖掉。王安石听罢，心中恻然，问她吴夫人是多少钱买她的，她说是九十万。王安石把他丈夫找来，让这对可怜的夫妇破镜重圆，还另外赠送他们一笔钱。

受父辈影响，邵伯温对王安石变法没有好感，此条见于他的《邵氏闻见录》，大约实有其事。王安石的好心肠，不止这一件事，周密《癸辛杂识》有"改春州为县"一条：

位于广东省西南的春州，宋时属于蛮荒之地，瘴毒尤其可怕，流放到这里的官员和犯人，基本没有活路。北宋初年，卢多逊被贬到朱崖，开封府知府李符说，朱崖虽然在海外，水土不恶，春州虽然在内地，至者必死，建议把卢多逊改贬到春州。不料才过一个多月，李符自己犯事了，皇帝大怒，想起他以前的话，就把他贬为春州知州。李符就任，月余而亡。熙宁六年，王安石做宰相，改春州为阳春县，隶属南恩州。春州既改为县，获罪的人就不会再放逐到那里，周密说，"此仁人之用心也"。

王安石晚年罢相，退居金陵，常在钟山之中游玩。他出行简单，只带一卒一驴。诗人王定国去拜访他，见到的情形是，王安石骑在驴上，小兵牵着驴，如果小兵在前，便由着小兵走，若是小兵在后，便由着驴子走。王安石想停下，就停下来，坐在树下或石头上休息，与农夫和樵夫闲谈，遇到寺庙，不免随喜一番。书是一定要带的，骑在驴上读，休息时也读。布袋里装着干粮，和小兵分享，剩下的喂驴。农家献饮食，不择好歹就吃。总之只是随心所欲地闲逛，并无确定的目标。

王安石晚年那些精美的五律和七绝，很多是闲居钟山时写的。大画家李公麟画了《王荆公游钟山图》，可惜已失传，画上的情景，据看过原画的陆佃所记，和王定国描写的大致相似：王安石游山时，"每令一人提经，一仆抱《字说》。前导一人，负木虎子随之"。南宋张栻的题诗写得好：

"林影溪光静自如,萧疏短鬓独骑驴。可能胸次都无事,拟向山中更著书。"《字说》是王安石的文字学著作,已经散佚。

王定国说王安石近于无心,张栻说王安石胸中无事,作为一个终生以富国强兵为理想的政治家,王安石深为变法失败而痛苦,他表现出的淡然和闲适既是涵养所致,也是一种明达的态度和自我排遣。至于骑驴,王安石不是在追求风雅,如唐人所说的"诗思在灞桥风雪中驴子上",也不是没有条件讲排场。惠洪在《冷斋夜话》里记载,王安石骑驴出行,门人觉得他年纪大了,身体不好,劝他坐竹轿子,王安石说:"古之王公至不道,未有以人代畜者。"意思是,古代的王公大臣再缺德,也不会拿人当畜牲使唤。

第一次罢相之后,王安石作《答韩持国芙蓉堂》诗:"投老归来一幅巾,尚私荣禄备藩臣。芙蓉堂下疏秋水,且与龟鱼作主人。"不管事了,不做任何人的主子,只管料理自家池塘里的鱼和龟。第二次罢相,再作一首:"乞得胶胶扰扰身,五湖烟水替风尘。只将凫雁同为侣,不与龟鱼作主人。"这回是连鱼龟的主人也不做了,只与野鸭和大雁为友伴。

2019 年 4 月 17 日

# 毒药

周作人的文章里有好几处讲到毒药,如《碰伤》:"佛经里说蛇有几种毒,最厉害的是见毒,看见了它的人便被毒死。清初周安士先生注《阴骘文》,说孙叔敖打杀的两头蛇,大约即是一种见毒的蛇,因为孙叔敖说见了两头蛇所以要死了。但是他后来又说,现在湖南还有这种蛇,不过已经完全不毒了。"二十世纪五十年代闹"百花齐放",他写了短文《谈毒草》,刊登于著名大报上,针对"花里边有毒草,不应该放"的言论,提出不同意见,说"毒草如有花,应当一律开放,参加比赛,如毒草没有花,那就没得可放,不关他的毒不毒"。文章只三段,中间一段稍稍发挥说:

"《本草纲目》中毒草列为一卷,共有四十七种,是乌头、附子之属,也有钩吻即野葛,不曾看见过。大凡毒草的毒,都在花叶根实的一部分里,送进嘴里去吃了,这才发生效力,光是眼睛看了会中毒的,如佛经里所说的'见毒'的东西，那是没有。那末无论它是什么毒草，拿来瞧瞧，总是无妨的。"

以他的阅历和见识，忽然谈起毒药来，也算用心良苦了。

两文都说到"见毒"是最厉害的一种毒，然而事实上不存在。还珠楼主和金庸的小说中写了种种匪夷所思的毒药，没有一种能和"见毒"相比，就连类似的也没有。武侠小说迷给金庸书中的毒物排名，取意各别，弄出很多版本，但排名的标准不外是：一要毒性强烈，像《射雕英雄传》里欧阳锋的蛇毒，倒进海里一点，就毒死了一大片海域的所有鲨鱼。二要使中毒者死得痛苦，如《笑傲江湖》中三尸脑神丹之类控制他人的药物，发作时若无解药，"尸虫钻入服食者脑内，食其脑髓。其人行动必如妖魅，狂性大发，痛到极点连自己的妻儿老小也咬来吃，连疯狗也自叹不如"。第三，其实是最阴狠的一点，是要使人在不知不觉、毫无提防的状态中中毒，比如《飞狐外传》里的七星海棠，制成毒药后无色无嗅，再聪明和警觉的人，也难免中招。这样的毒药，比下蛊还恐怖。

西方人提起埃及女皇克丽奥帕特拉的以毒蛇啮咬自杀，意大利波吉亚家族对毒药的无比热爱，好像那是世界上最浪漫的事，但在中国古代历史和小说中，以毒杀人一点也不优雅，更谈不上艺术的瑰丽。行凶者使用最多的，还是朴实无华的砒霜。胜过砒霜的当然有,然而多半不易得,只有大人物们才玩得起。宫廷里动不动把人鸩杀,我至今不知道这种羽毛具有奇毒、放在酒里涮涮就把佳酿变成了毒汁的怪鸟,到底是什么玩意儿。说它是《山海经》中的那些珍禽异兽吧,历代名人不少死于其毒;说它实有其物,今天的动物学家又没研究出个结论。大概在毒死史上最后一个大人物后,便应运灭绝了。鹤顶红与鸩毒并称,有人考证,就是红信石,还是砒霜一类。其他的,如传说宋太宗毒死李后主,用的是牵肌药,即马钱子。人服用后,肌肉收缩,四肢如被牵引。这名字和李白笔下的断肠花一样,过于诗意了,因此很有些非尘世的意味。脚踏实地的土豪西门庆出手杀害武大郎,就想不到见贤思齐,提高文化档次,把事情做得体面些。

《铁围山丛谈》卷一记载,政和初年,宋徽宗亲政之初,在宫廷各处巡视,熟悉工作,发现大内后拱宸门之左有一处库房,没有名号,只简单称为"苑东门库",其中贮藏的,居然是两广和四川地区每三年一次贡献来的毒药。毒药按强烈程度分为七等,野葛、胡蔓等都在其中,大名鼎鼎的鸩不过位于第三等。头两等是些什么宝贝,作者蔡絛没说,只说最厉害的一种,鼻子一闻就死。这种毒物,和周作人耿耿于怀的"见毒"有得一比。

一个是看见就死,一个是闻到就死。佛经说,人有眼耳鼻舌身意,这是六种感官,《西游记》里比之为六贼,因为容易形成偏见,招来灾祸。周作人说,毒草吃进嘴里才发生作用,很多毒药也可作用于皮肤,如此,加上"见毒"和"嗅毒",眼鼻舌身都失陷了。照理类推,还该有耳朵听见即中毒的"闻毒",以及心里一想到就中毒的"念毒"才是。这些毒,书上肯定是记载了的,只不过我们尚未读到罢了。但别人肯定有读到过的,否则,在"病从口入"之外,他不会知道还要预防"病从眼入""病从耳入",乃至"病从思入"。

愤世嫉俗者爱说人心最毒。这句话大约是从孔子的"人心险于山川"引申来的。人心的毒,不在自身,否则,《水浒》里爱吃人心的好汉们早就死翘翘了,更别提还要烤着吃,烫着吃,刺身一样生着吃,吃出无数花样了。人心之毒,在于以己意害人,各种观念、情感、利害关系,都能驱使天下器物,为杀人的利器和毒药。

小时候读家里劫后残存的旧书,对两种植物图谱印象最深,一种是救荒植物,一种是有毒植物,前者告诉我什么东西能吃,后者告诉我什么东西不能吃。人在世上,有什么比分辨它们更重要?一个人如果反过来教导小孩子,小孩子即使没死,也要变成残疾,这个人本身,岂不也等于毒药,甚至比毒药还要毒吗?毒药何必是具体的物,它可以是任何东西。恶是毒药;被恶用的善,被冒用了名义的善,难道不是?

莎剧《罗密欧与朱丽叶》里,罗密欧去药铺买毒药,卖药人心有愧疚,对他说,按良心是不该卖的,"但贫穷使我答应了你"。黄口小儿的罗密欧老气横秋地教训他说,给你钱!这才是害人灵魂的最坏毒药,比你那些不准贩卖的不值钱的药更会杀人——"你没有把毒药卖给我,是我把毒药卖给了你"。

钱是毒药吗?不见得。比钱毒的东西多得是。

2018 年 5 月 21 日

## 对牛弹琴图

对牛弹琴听起来像个笑话,和安徒生童话里的国王光屁股在闹市昂首阔步差不多。试想一位褒衣广袖的士人,面对席地而卧悠闲嚼着干草的牛,一板一眼地弹着《广陵散》或《独弦操》,是什么样的喜剧场面。对某些人谈某些事,我们常说对牛弹琴,意思是对方不懂,说也白说,因此自讨没趣了。大多数时候,倒不是说对方蛮横,不讲道理。秀才遇强盗,强盗当然不讲理,而且是理直气壮地不讲理,可是我们从来不说和强盗讲道理是对牛弹琴。如果非要类比,那是对虎弹琴。

爱画山水和蔬果的大画家石涛,画了一幅《对牛弹琴图》,画面正是我想象中的情形:弹琴的高士容貌端正,仪态高尚,双目平视,口中如在吟哦,很是怡然自得。一牛全黑,长角弯弯,头微昂起,作默然听琴状。画上除了朋友的题诗,还有石涛自己的两首七古,分和两位友人,其中第二首写道：

"非此非彼到池头，数尽知音何独牛。此琴不对彼牛弹，地哑天聋无所由。此琴一弹轰入世，笑绝千群百群里。朝耕暮犊不知音，一弹弹入墨牛耳。牛便倾心寐破云，琴无声兮犹有闻。世上琴声尽说假，不如此牛听得真。听真听假聚复散，琴声如暮牛如旦。牛叫知音切莫弹，此弹一出琴先烂。"

是愤世嫉俗的意思。阳春白雪世人不识，只好弹给老水牛听了。两首诗的第一首是唱和曹雪芹的祖父曹寅的，内有这样的句子："有声欲说心中事，到底不爨此焦桐。牛声一呼真妙解，牛角岂无书卷在。"古人勤奋学习，书挂在牛角上，边牧牛边读书。石涛说，陪伴了名人读书的牛，自然不是凡牛，算个知识人了，因此能听出乐中的妙意，一声长鸣，胜过千言万语。他说，我固然默默无闻，牛也不屑为了讨好人就学说人话啊。

石涛后来的出入进退，与此图关系不大。曹寅感叹他"一笑云山杜德机，闭门自觅钟期子"，不过一时的激愤之行罢了。石涛后来其实是很风光的。

对牛弹琴典出东汉牟子的《理惑论》，故事说，过去公明仪为牛弹《清角》之操，牛不顾，照常低头吃草。牟子解释，不是牛听不见曲子，是曲子不合它的胃口。改为蚊子的嗡嗡声，或者小牛犊的叫声，它就立刻摇动尾巴，竖起耳朵，很专注地听了。

石涛画牛是说反话，钟子期死了，伯牙按传说是把琴摔了，并没有去找一头"听得真"的牛，"一弹弹入墨牛耳"。王勃《滕王阁序》有句："杨意不逢，抚凌云而自惜；钟期既遇，奏流水以何惭？"令人想起孔子关于"失人"和"失言"的话。孔子说："可与言而不与之言，失人；不可与言而与之言，失言。知者不失人，亦不失言。"不失人，不失言，这是做人的很高智慧，一般人做不到。做不到，除了学养，心理素质，还有患得患失的功利之心。失人，不过错失了机会，问题不大。失言，对不恰当的人说了不恰当的话，小则尴尬，大则可能招致灾祸。所以，如果难免疏忽，宁可失人，不要失言。

有些人的失，不是因为患得患失，而是因为胆小或单纯，知道不该说，还是忍不住说了，或不好意思不说。这种人，倒霉起来是很冤枉的。

要说对牛弹琴也等于一种失言，当然是比较无害的一种，没有什么损失，徒费言辞而已，顶多丢失一点脸面。古人相信祸从口出，如崔瑗《座右铭》就反复强调："无道人之短，无说己之长。""慎言节饮食，知足胜不祥。"阮籍就靠在一些关键事情上装糊涂不表态，躲过了杀身之祸。

言多必失，沉默自然最高。有时候，知道言说不济事，干脆不说，以不攻为攻，不守为守，反而让攻击者无所措其利齿了。知堂最喜欢倪云林的故事，倪云林为张士诚的弟弟张士信所辱，绝口不言，有人问起此事，倪云林说："一说便俗。"倪云林有洁癖，据说整他的人，就故意把他拴在马桶上。张士信如何羞辱他，我们不知道。这种事，事后追叙，情何以堪。

一个更极端的例子是《水浒》第七回，林冲刺配沧州，解差董超和薛霸被收买，要在野猪林结果林冲的性命。林冲被绑在树上，董薛拿起水火棍，说道，明年今日就是你周年。林冲哀求饶命，董超道："说甚么闲话？救你不得！"金圣叹批道：临死求救，谓之闲话，为之绝倒。

这岂是对牛弹琴能比拟的？

2019 年 6 月 19 日

## 色不异空

为了身体好,曾经跟人学练气功。练气功,动作不难,难在做了几个简单的动作后,固定于某种姿势,要求心无杂念,进入诸法皆空的境界。我是脑子停不下来的人,没事的时候,一定想事。十几分钟不见不闻,可以想见,思绪该是多么纷杂,不仅精骛八极,更加视通万里。怎么办呢?老师说:专心致志,放下,什么都不想。于是我就琢磨:脑子里空空如也是什么样的情景?像无鸟的天空,还是无人的沙漠?或者像冬夜一样漫长,然而冬夜不如秋夜,秋夜的月亮会更圆,更清丽……《天方夜谭》里好客的富商在花园宴饮歌唱,不是夏夜就是秋夜,也只有在这时候,爱失眠的哈里发才有雅兴强拉着宰相在满城的胡同里乱窜……

为有更多时间看书,别的时间不好省,能省的唯有睡觉。如何睡得少又管够?有人告诉我,打坐。学会打坐,一夜只需睡三几个小时,因为睡眠质量高,胜过常人睡八个小时。这使我想起苏东坡的话,他说:"无事此静坐,一日似两日,若活七十年,便是百四十。"他说的静坐就是打坐吧。然而说到静,头又大了:"静故了群动,空故纳万境。"静和空压根儿就是一回事嘛。不能空,静又从何说起?

古书里最喜欢连环推导,比如空而后能静,静而后能定,定而后能安。逻辑分明,行之则难。就连经国济世这样超级宏大的事业,按照"修身齐家治国平天下"的四步骤,似乎人人可为。可我已过知命之年,只能勉强做到第一步。然而就是这第一步,还是自己想当然的,别人未必认可。

有此自知之明,打坐连试都没敢试。郁闷之余,翻阅《西游记》。唐僧一行到了车迟国(一个做各种事都很慢的国家),孙猴子替师父和三位大仙比功夫。油锅里洗澡,破腹洗肠,即时降雨,统统不在话下,单怕坐禅。他说,平生好动,哪怕紧绑在柱子上,也要抓耳挠腮。老僧入定,眼观鼻,鼻观心,他不行。

在《西游记》里,猴子是心的象征,也是智慧的象征。智慧看来是灵动的。"仁者乐山,智者乐水",学者说水不同于山的稳重,常性在于动,自身没有形状,随物赋形,一切看瞬间,看变化。孔子是仁者还是智者?我只能说,两者皆是。但私下里,他似乎更喜欢水。孙猴子代表心,他这颗心显然能放不能收,需要别人给他加个箍。他名叫悟空,说明还没到空的境界,需要继续悟。

　　猴子不知禅定的滋味,我也一样。但听人讲此中妙境,正是日夜向往的。有益于身心倒也罢了,迷人处在另一种智慧,更高层次的思维。般若不译为智慧,大概因为智慧一词太宽泛了。人有智慧,动物也有智慧,唯程度不同而已,连一些植物也聪明得不行。《三联生活周刊》上的一篇文章引西方科学家的研究成果说:橡树结果分大年小年,松鼠摸清了间隔的规律,遇上大年,一胎多生,遇上小年则少生。松鼠考虑如此周全,当然家族兴旺,但它们繁衍太多却对橡树不利。怎么控制松鼠数量的平衡呢?橡树每隔若干年,就故意打破规律,该是大年,偏偏果实很少,大量生儿育女的松鼠,很多就饿死了。般若就不一样。"洞见三世,观照一切,历大苦恼,尝大欢喜,发大慈悲",如此伟大的人物,鲁迅说,他也只能梦想一番。

　　不空,佛道诸家的伟大境界注定无缘。休说无缘,连点小边都沾不上。即使纸上谈兵,写几首咏怀或游仙诗,终归不能入流。因此,当我在赵翼的《檐曝杂记》中读到,这位我一向佩服的大学者居然有同样的烦恼,心里顿时宽慰了许多。

　　赵翼说:"范蜀公景仁言:'端居静坐,不起念虑,虽儿童喧哗，近在咫尺，亦不见闻。'而余则浮躁性生，此心不能一刻不用。"范景仁名镇，北宋史学家。他静坐时，澄心静虑，不起杂念，外界的干扰对他没有影响。

随时思考，有实际的好处，因为有思必有得。王安石和赵翼一样，也是个脑子不安分的人。赵翼著作等身，王安石除了变法，还是大诗人。得益于不安分，赵翼没有现身说法，王安石有个故事，可以作为补充。赵与时《宾退录》："王荆公一日访蒋山元禅师……谓元曰：'坐禅实不亏人。余数年欲作《胡笳十八拍》不成，夜坐间已就。'元大笑。"

你看，坐禅不成，却意外把多年想写而写不出来的诗完成了。

赵翼羡慕范镇，范镇的不起念虑，其实另有故事。他不满朝政，被迫致仕，行前上表说："虽曰乞身而去，敢忘忧国之心？"苏轼在为他写的墓志铭中说："公既退居，专以读书赋诗自娱。客至，辄置酒尽欢。或劝公称疾杜门，公曰：'死生祸福，天也。吾其如天何。'"可见他始终存忧国忧民之心，遇到大事，不计个人祸福，当言则言，决不犹豫。苏轼感慨说，乌台诗案，他下御史台狱，办案的人追查他和范镇的往来书信，意欲牵连，在这种危急情势下，"公犹上书救轼不已"。

可见范镇并非时时都"浑身是'静穆'",他还是要关心现实,有所作为的。

2017 年 3 月 2 日

# 执
## 念

佛书里经常讲破执，我很喜欢这个说法。破执，等于放下和去除某些固有的东西，像洗过澡一样。庄子说澡雪而精神，吐故纳新，是进步，也是成长。《易经》有言："君子豹变，小人革面。"又说："君子豹变，其文蔚也。"爱好文字的人读到这话，感觉很舒服，既是鞭策，又是鼓励，于朦胧中看到清晰美好的前景。齐白石老先生衰年变法，寻常人做不到。他是大器晚成。如果没有变法，或不过一个画匠而已。

然而执是好破的吗？我的看法不乐观。谈艺术容易给人浮夸的印象，谈生活比较实在。生活中的执念，无处不在，说来并无惊天动地的事，无非柴米油盐，家长里短，背后的因素，逃不过七情六欲。失，能有多大的失，得，又能有多大的得？但由细微处引发，把蚂蚁变成大象，伤人害己，演出荒唐而令人唏嘘的悲喜剧，一个人甚至一群人的生命，就在这琐屑的事上浪费、毁损或者扭曲了。

苍蝇在纸窗上乱撞，撞得七荤八素，不知道改换路径，或下定决心，撞破纸障飞出去。坐在窗前饮茶的人，感叹虫子的愚昧，觉得自己明白了做人的道理。苍蝇的智慧微不足道，人是有自信的，也乐意以聪明自诩。苍蝇困厄于一扇纸窗，人生百年，有多少扇窗户横在眼前，别说尝试破空而出，大部分时候，连窗户都看不见，或者根本不承认被窗户隔绝着，以为四围无限，大路朝天，天地间没有日月星辰，只有他个人的灵光，煜煜如不灭的灯。

年轻时候，我也是好辩的，尽管这和我的性格颇矛盾。我觉得以理服人了不起，纠正了别人的错误了不起，而且是善事：别人在被纠正之后，迈上了和你同样的高度。但多年后再想此事，我的看法变了：大部分事情是很难分辨是非的，因为各人经历不同，立场不同，更可怕的是，利益不同。庄子说，人睡在潮湿的地方会腰部患病，导致偏瘫，泥鳅却不会；人在高树上觉得胆战心惊，猿猴则视若平地。莲池大师说："厕虫之在厕也，自犬羊视之不胜其苦，而厕虫不知苦，方以为乐也；犬羊之在地也，自人视之不胜其苦，而犬羊不知苦，方以为乐也。"另外，人可能没有意识到的是，有时候，挑明别人的错误，并不是为了坚持真理，而是旨在证明自己的正确。好胜心一起，事情就变了。

人和其他动物的不同，最重要的一条，我猜想可能是，人一旦认定了自己的所见所闻，认定了自己的看法和观念，便好比挖好地基，建好房子，前栽桃李，后栽榆柳，装修布置，百年大计，预备终老于此了。你让他推倒重来，他能听从吗？

明乎此，我对于争执，就看得淡漠了。唤马何曾马，呼牛未必牛。此亦一是非，彼亦一是非。不到更高境界，你未必知道此时的你，一定就是正确的。剥竹笋，以为到了最后一层，可以食其美质了。可你往往没注意到，其实是还可以剥下去的。

人在不知不觉中，常常从一个执跳到了另一个执。自己如此，何况他人？

小泉八云编写的日本怪谈中有个无间钟的故事。山间一座寺庙需要一口钟，为了铸钟，动员村民捐献铜材。日用物品中，以铜镜最常见。某女士家有一枚松竹梅纹饰的镜子，是几代相传的珍爱之物，迫于情势，忍痛捐出，捐出之后，依依难舍，便天天去寺里探望。在堆积的铜物件中，一眼看到心爱的镜子，倍感痛惜。由于她对镜子的执念，当寺里铸钟时，那枚镜子始终不能熔化。事情传开，那位女士受不了耻笑，自杀了，死前留下遗言，说她一死，镜子自然会化掉，铸进钟里。包含了她心爱的镜子的大钟，如果有人能够敲响，她将赠给那人一大笔财富。钟铸成后，四乡八镇前来敲钟的人络绎不绝，但没有一个人能够敲响。久而久之，和尚们不堪其扰，便把钟搬到悬崖上，推到深谷里去了。

中国的传说里，人死后，因为怨念郁结，肉身烧化，心脏独存。这些愿念，有令人同情，可以理解的，也有过分的，匪夷所思的。

在集录日本灵怪品类的《百魅夜行》一书中，就很有一些怨念不灭而结成的怪物，如由喜欢漂亮衣服但得不到的女子的怨念形成的"小袖之手"，女囚犯的怨念形成的"飞缘魔"，被贬的左近中将藤原实方的怨念变成的怪鸟"鵺"，因女人强烈的妒念形成的恶灵"般若"。

执是各方面的，怨念不过其中的一种。佛经里说，一念不灭，千百次轮回都无法消尽。怎么办呢？读过心灵鸡汤书的人都会说，放下就好。可是放下哪是那么容易的事？到什么程度才算放下？须知放下不等于冷漠，不等于万事不关心。君子有所为有所不为，金刚不还有怒目的时候，担负着降妖除魔的使命吗？俗话说，诸恶莫作，众善奉行。这用到执念上，庶几近之矣。然而还是难。《天方夜谭》里的海老人骑在辛巴达的脖子上，无节制地劳役和凌辱他，辛巴达百般设计,都不能奏效,最后是用酒灌醉,才把那怪物杀死的。你能把执念灌醉杀死吗,不管是别人还是自己的?

2018 年 9 月 27 日

## 花如解语

刘筠（字子仪）的《汉武》："汉武天台切绛河，半涵非雾郁嵯峨。桑田欲看他年变，瓠子先成此日歌。夏鼎几迁空象物，秦桥未就已沉波。相如作赋徒能讽，却助飘飘逸气多。"是我特别喜欢的一首诗，尤其是颔联，味道足，拗劲，有质感。某日做梦，梦里大耗心力，焦虑万分，想替子仪先生改诗，死活改不出来，急醒了。为何要改它呢？梦里的情形是，权威的课本上说，西昆体搞形式主义，脱离现实，玩弄典故，晦涩难懂，是落后保守的产物，是变革的对象。我心里舍不得，担心这么好的诗，因被批判而沦落散失，觉得如果改动一下，就能救它过关。真是荒唐啊。宋诗里的一流佳作，我哪有本事修改？醒后觉得宽慰，毕竟《西昆酬唱集》是流传下来了，即使有人还企图抹杀它，也不可能如愿。

关于诗，还有一个梦，更加荒唐。

梦里自己做诗，做七律。七律，很多时候是从中间两联做起的。因为对联比较好玩，身入其中，往往不能自拔。梦里是早晨，在上班路上，沿小街看别人门前的花草，心想，花草的可爱，在于它们永远是安安静静的，自然地开，自然地落，雨中，雾里，各有姿态，早晚，正午，颜色不同。王维诗："涧户寂无人，纷纷开且落。"最能写出这种悠然自得的状态。人有言语和表情，我们喜欢某些言语和表情，不喜欢另外一些。言语抚慰人心，表情给人愉快的感觉，但也会正好相反，言语伤人，痛创巨深。植物没有说话和表情的本事，以容貌、颜色、香味和姿态示人，给人美好的印象，你无须担心在看花的时候，遭到花的鄙夷、嘲讽和詈骂。

这个意思，花不能言，和石头一样。石头可爱，也是任人面对而从容相处的。我就拿花和石头对比，作成上下联。然后斟酌句式和用词，调整平仄，一遍遍地改，改出至少四五种版本，最后终于满意了。那一联是："花如解语还多事，石不能言最可人。"

改到这个结果，工稳妥帖，意思完足，我一边念，一边自鸣得意。没等继续作其他三联，忽然脑子里一个激灵：这两句怎么这么熟悉呢？不对啊。再一想，可不圆熟得一塌糊涂吗，这是陆游的名句啊。

有意思的是，在梦里，明明有陆游现成的句子在心里，我还按照看花时的感想，先整出一套笨拙的说法，然后逐字改进，步步逼近他，最后到达他那里。

这真是痴不可救了。陆诗题为《闲居自述》，全诗如下：

> 自许山翁懒是真，纷纷外物岂关身。
> 花如解语还多事，石不能言最可人。
> 净扫明窗凭素几，闲穿密竹岸乌巾。
> 残年自有青天管，便是无锥也未贫。

因为要摒弃外物，自求清静，所以才会说"无言无语最好"的话，并不是说任何时候都是无言无语最好。在陆游之前，罗隐在咏牡丹的诗里说过："若教解语应倾国，任是无情也动人。"就诗而言，比陆游的好，意思则和陆诗相反。花如能言，月下絮语，那就是白居易诗中唐明皇和杨玉环的故事了。唐明皇曾赞扬杨妃为解语之花，罗隐就用了这一典故。

李白《清平调三首》是献给杨妃的，三首都以花比人。第一首说："云想衣裳花想容，春风拂槛露华浓。若非群玉山头见，会向瑶台月下逢。"给人的感觉，是姗姗而来，低头不语，很美。第三首说："名花倾国两相欢，常得君王带笑看。解释春风无限恨，沉香亭北倚栏杆。"给人的感觉，是凭栏相依，言笑晏晏，也很美。

杨贵妃当得起牡丹，除了容貌仪态之美，大概不会动辄发脾气暴粗口吧。否则，似花也就罢了，还是不解语的好。张端义《贵耳集》中有一条："真定大历寺有藏殿，虽小而精巧，藏经皆唐宫人所书，经尾题名氏，极可观。……有涂金匣藏《心经》一卷，字体尤婉丽，其后题曰：'善女人杨氏，为大唐皇帝李三郎书。'寺僧珍宝之。"据此，杨妃对于唐明皇，还是颇有真情的。

《西昆酬唱集》里有《明皇》一题，杨亿、刘筠、钱惟演各有一首七律。杨亿说："蓬山钿合愁通信，回首风涛一万重。"钱惟演说："丝囊暗结三危露，翠幰时遗百和香。"三首中刘筠一首最好："岁岁南山见寿星，百蛮回首奉威灵。梨园法部兼胡部，玉辇长亭复短亭。河鼓暗期随日转，马嵬恨血染尘腥。西归重按凌波舞，故老相看但涕零。"

同是杨刘钱三人所作，咏明皇的三首不如咏汉武的三首，原因无他，在于马嵬之变，玉人断魂，任你怎么写，都是一片愁云惨雾，无论如何飘飘不起来。

2015 年 9 月 11 日

## 压桥魂

"永远"是个叫人惊心动魄的词。最寻常的小事,加上"永远"二字,就不是人能轻易承受的了。"永远"把生活中一切暂时的悲欢离合,变成了如蛆附骨的噩梦。我们该庆幸世上一切都是在变化中,而且是瞬间即逝的。

叔本华说人生最根本的悲剧在于个体不可避免的死亡,可是他没有读到乔纳森·斯威夫特、博尔赫斯和一位名叫厄苏拉·勒奎恩的当代美国女作家对永生毫不留情的嘲讽。灵魂转世大概也可以算作一种永生,但命运的骰子未必会掷到明亮的一面。

在我老家光山,出县城往南走几里路,就到了南大河——淮河的一道小小的支流。小时候,那是最好的游乐之地。河水清澈,沙底柔软,可以游水嬉戏。水中常见一种叫沙狗子的细鱼,三五成群,婉约而来,见人则倏然而逝,快如闪电。岸边芦苇成林,草窠里可以拣到鸟蛋。我见过一窝比鸡蛋小的蓝色的蛋,不知属于什么鸟。沙滩和土地的交界处,土质松软,容易挖叫香附子的草药。河上有桥,可以畅望风景。从桥下走,看见头上巨大的桥墩,即使在盛夏,阴影里也透着凉意。旁顾无人,觉得阴森森的,不由得心里发毛。

阴森,是因为桥魂的传说。

建桥是大事,一座桥,必须压一个人的魂在里头,这桥才结实,不会塌,不出种种邪事。至于怎么压,压在哪儿,我不清楚。有人说是压在桥墩下面,把生人的魂喊进去,就压住了。我上小学的时候,河上建新桥,就听到警告,少到那儿去。如果去了,听到有人叫自己的名字,千万不能答应。

新桥很快建成,桥墩下有没有压魂呢?似乎没人说起。但想想也好理解:压魂致人死亡总是犯法的吧,谁做了还四处张扬?后来读到有人记录的民间说法,那桥当时没有压桥魂,因此,几乎每年都发生车祸,一出车祸就死人。桥下河里也常淹死人。

某年一个深夜,一个醉汉回家时,在桥头被车撞死。街坊邻居们说,他死后,托梦给正在家里睡觉的七十多岁的母亲,说他成了桥魂。桥魂是永远不得投胎转世的。这个四十多岁的汉子因为家穷,娶不到媳妇,一直打单身,母子二人相依为命。

得到托梦,他母亲就去了桥下——据说她能看到儿子的鬼魂——以后每天提个篮子,装了供品送去给儿子吃,还说要天天陪着儿子。几年后,老太太死了,死前央求邻居把她埋在桥墩下,说她要用自己的魂把儿子的魂替换出来。母亲成了桥魂,儿子可以投胎了。

这对贫穷母子的故事,读后令人唏嘘。

压桥魂的传说,不知其他地方有没有,应该是由来很久的。不仅桥,建造高楼大厦以及其他工程,都有类似的迷信。如今只说被镇压,自然想起唐人牛僧孺《玄怪录》中王煌的故事。那故事说王煌傍晚赶路,在郊外一座坟旁看到一个漂亮的白衣少妇,带着侍女,哀哭不已。王煌殷勤相问,得知她新近丧偶,无家可归。经不住祈求,又爱她貌美而且气度娴雅,王煌就把她带回家,一起过日子。几个月后,王煌有事去洛阳,在街上遇到认识的道人,道人说他面色很不好,问明情况,告诉他,那漂亮女人是鬼,再跟她混下去会没命的。王煌心中难舍,不听劝告。再过十几天,又见到道人,道人说他没救了,死定了,不信,可以拿道符回家试试看。随后,道人又嘱咐王煌的仆人,让他注意王煌死时的情景。

王煌回到家,把符拿出来,妇人立即变成了庙里神像脚下踏着的小鬼，恶狠狠地说："为什么听妖道的话让我现形？"当即把王煌推倒，一脚踩死。

道士赶到，王煌早已断气。仆人告诉他事情的经过，道士连连叹息，说，这是北天王脚下的耐重鬼，三千年可以找个替身，他年数已满，化为美女，用你家主人替换了他。王煌如果坐着死，三千年后也能去找替身，如今他是躺着死的，脊骨被踩断，就永远不得翻身了。

精怪变美女害人的故事很多，死亡结局也是常事，但《王煌》给人不寻常的感觉，有一种宿命的悲哀。和被压在桥下做桥魂的人一样，耐重鬼也是永远不得脱身。这是多么残酷的永远。

道士的话令人想起几十年前流行过的口号："踏上一只脚，叫他永世不得翻身。"口号的发明者是谁，已经难以查考，颇疑其出处正是《玄怪录》。又想起《西游记》里，如来惩罚大闹天宫的孙猴子，用的也是压字诀，镇他在五行山下，一压六百余年。取经路上，打不过孙猴子的妖精银角大王，依样画葫芦，遣来须弥山、峨眉山、泰山，所谓三座大山，再次将孙猴子压了个七荤八素。镇压，确实比什么兵器都好使。

中国有很多说法，或者凄惨，或者悲壮，自古流传下来，民间信之不疑，实际上太残忍，是早该唾弃的。比如铸剑，屡铸不成，铸师割头发，剪指甲，甚至刺血投入炉中，都不起作用，最后舍身以殉，才铸出举世无双的神兵利器，于是国王欢喜，大众赞叹。烧制瓷器，为了烧出某种稀奇的釉彩，千试万试，试不同的温度，不同的添加剂，仍然不能成功，于是，瓷匠年轻的女儿只好跳进炉子里，以血肉调和，创造出绝世之美。这类故事多不胜举，有人说是为了追求艺术而不惜生命，我觉得无论什么艺术，什么伟大工程，都不比生命更贵重。有人愿意改一改孟姜女的传说，为了长城永固，让她压在烽火台下做墙魂吗？

2017 年 6 月 8 日

# 今人胜古人

在《阅微草堂笔记》卷十五,纪昀讲了一个扶乩故事。降坛的仙人自称是南宋围棋国手刘仲甫。众人请求与他对局,他说,不用对,一定是我输。大家一再坚持,他只好下了一盘,结果真的输了半子。在座各位对于能够战胜历史上的名人,觉得不可思议,就问他:大仙这么谦虚,意在奖掖后进吧?乩仙说:"我不是谦虚,是真的下不过你们。后人很多事不如古人,若说下棋,肯定比古人强。"众人问:这却是什么原因呢?他说:"因为风气日薄,人情日巧,倾轧攻取之术,变幻万端,吊诡出奇,不留余地。古人不肯为之事,往往肯为;古人不敢冒之险,往往敢冒;古人不忍出之策,往往忍出。所以一切世事心计,皆出古人之上。围棋也是玩心计的,宋元的国手,到明朝已落后一路,到今天就落后一路半了。"

从古到今,技术的进步和制度的进步有目共睹,智慧和道德的进步，则几乎看不出来，或者也可以说并没有进步。纪昀的故事，意在讽世，老生常谈，新意无多。清朝人说宋朝好，宋朝人说唐朝好，唐朝人觉得战国是个侠士纵横的好时代，生在战国的孟子，却又对现实愤愤不平。然而再往前推，推过子思先生，直到子思的爷爷孔子那里，孔子说，他最遗憾的事，是没有生在文武周公那时候。周公圣人，生不与其同时，隔几天梦见一次也是好的。

希腊人说人类的发展，最初经过了黄金时代，然后逐步退化到白银时代、青铜时代。青铜时代，刀兵相接，争城掠地，民命不如蝼蚁。可是还不是最坏的，青铜之后，还有黑铁时代。黑铁之后呢？书上没说。还有比铁更贱的金属吗？没有。五代十国时期，割据燕京一带的军阀刘氏，财政困窘，无铜铸钱，用不值钱的铅和铁代替。到铅铁也没有，直接用瑾泥——黏土——烧成钱。准以此例，黑铁时代之后，不妨还有黏土时代，或曰泥巴时代。

厚古薄今是一个源远流长的传统，里里外外透着幽默劲儿。幽默之处在于，尽管发自肺腑，却是陈陈相因。有人说，人在幸福中是不会想到别人的，人想到别人，需要别人，是因为自己痛苦。那么，抱怨世风日下的人，总是因为有多多少少的不如意吧。时过境迁，怨气要么消灭，要么褪色，要么变成了其他东西。最后那种情况，就是醉翁之意不在酒。

譬如今天盛行说民国，但我们都知道，民国时期，军阀割据，战事频仍，此后日寇入侵，尸横遍野。这样的日子，能好到哪里去？民国的名人，大家只拣好的说，于是大师满街，名家满巷，一人成名，全家得道。名人在很多书里，可以论兄论弟、论父论子、论夫论妻，搭着卖——二十世纪八十年代在北京，买一瓶燕京或白云啤酒，要搭两瓶不能下咽的碣石啤酒。我不相信吃民国饭的都是糊涂虫。糊涂虫之外，显然一部分人是别有怀抱，这可称之为刘仲甫版的阮籍。

古代东西方都有一种说法：人若心眼多，一代一代，身子会越来越矮。我老家的土话说得更直接：矮子矮，一肚子怪（怪即坏）。这当然是偏见。心灵的贵贱会影响到体格的高低，容貌的丑美，这倒很像寓言。玄奘和尚的《大唐西域记》中，写到乌铩国——在今天的新疆——城外往西二百多里，有一座峻高的山崖，某日山崖崩裂，里面现出一人，身材高大，面容枯瘦，身披袈裟，瞑目不语。有懂得历史的比丘告诉国王，这是早年修习灭心定的罗汉。罗汉被唤醒，看到围在身边的人，都是前所未见的形象，十分惊奇，说道："你们也是人类？怎么这么矮小，这么丑陋？你们是什么人？"后来又问，我的师父迦叶波如来怎么样了？大家告诉他，迦叶波已经入大涅槃很久了。罗汉听罢，闭目怅然。片刻之后，再问：释迦如来出世了吗？大家告诉他，如来曾经降世引导众生，也已归于寂灭。罗汉听罢，一声长叹，然后腾身而起，飞在空中，化为烈焰。

这个故事读完，感受复杂。我们生活在太平盛世，千幸万幸之余，对此无从想象。

2016 年 2 月 23 日

## 如何藏起一本书

几年前做过一个梦,梦到北宋诗人刘筠的《汉武》诗:"汉武天台切绛河,半涵非雾郁嵯峨。桑田欲看他年变,瓠子先成此日歌。夏鼎几迁空象物,秦桥未就已沉波。相如作赋徒能讽,却助飘飘逸气多。"梦中有人在清理文化,把历代典籍划分为精华与糟粕,精华留存,糟粕毁弃。《汉武》不幸沦为糟粕,即将灭除。而我喜欢这首诗,喜欢《西昆酬唱集》,趁着书还在,赶紧背下来,牢记在心,绝不让它失传。

西昆三杰,刘筠和杨亿难分轩轾,都比钱惟演好。《汉武》是刘筠的杰作,"桑田瓠子"一联,是常挂在嘴边的。然而在梦里,却死活背不完全诗。时间紧迫,情绪紧张,急出一身汗,忽然惊醒。醒后回想,不禁哑然:对刘子仪的诗,感情真有那么深吗?我喜欢的诗,少说也有千儿八百,轮得着专门为它做一场梦?

说起来也是事出有因，我读中文系的时候，西昆体受到严厉批判，我们只读课本上的判决，读不到原作。时间过去三十年，社会更加宽容，禁书时代应当一去不复返了，为何还会为刘筠感到焦虑呢？我猜想梦的第二个诱因，大概是因为一部幻想小说。

靠个人记忆传承文化，这是美国作家雷·布拉德伯里的反乌托邦之作《华氏451》中的情节。《华氏451》描写，在未来，书籍被视为不正确思想的根源而遭取缔。消防队就是负责搜查和焚烧图书的机构，专门对付私藏图书的胆大妄为之徒。小说主人公蒙塔格是一位消防员，由烧书而接触书，由好奇而爱上书，便经常从焚书现场偷偷拿走一些，带回家藏匿，结果引起怀疑，遭揭发而被迫逃亡。

在反叛者的营地，蒙塔格见到了那些爱书人。他们起初费尽心力保护书，甚至把书制成微缩胶卷——当时的先进手段，埋于地下，最终却发现无论如何都不能确保书的安全。于是另出新招，每人记住一本书，或大书的一个章节，遇到想读的人，背诵给他们听。人老了，再口传给子女。这样代代传递，直到战争结束，人类复归文明。

在法国导演特吕弗据此改编的影片里，结尾给人很深的印象：零零散散的男女老少，在树林里，在湖边，在草地上，神经质地低着头走来走去，默诵他们各自承担的那本书。印象深的原因，不是为爱书人的精诚感动，而是觉得背诵这种方法太笨。试想多少人联手才能背下百万字的《战争与和平》，或者柏拉图的全部对话录？我的记忆力向来很好，我又酷爱苏轼，可是，你让我一字不落地背下东坡七集，我绝对做不到。

《华氏451》写于前网络时代，背书的情节设计算是一个技术败笔。即使没有网络，背诵也谈不上是保存和收藏的好办法。

摩洛哥裔法语作家塔哈尔·本·杰伦获龚古尔奖的中篇小说《神圣的夜晚》，显然借用了布拉德伯里的设计。书里写到某个"神奇国度"的图书馆，每本书都是一个人：一个年轻女郎一边荡秋千一边背诵《尤利西斯》；东方格调的房间里，十来个穿戴成山鲁佐德模样的女郎讲述着《一千零一夜》的故事；一个坐在沙发上的中年妇女说，她是《赎罪书简》，"一本难读的书"。叙事者，一个盲人，走进图书馆，他迎面遇到的女郎说："我今年22岁，刚从哥廷根大学毕业……我是贡斯当的《阿道尔夫》，您把我借走吧。一部爱情小说，结局很悲惨……"

叙事者说，活人图书馆使他想起另一个虚构的国度，"那里所有的书籍都被焚烧，每个公民只得记熟一本书，使文学和诗歌世代流传"。

虚构的国度当然不是虚构,因为人类历史上的焚书事件层出不穷,在布拉德伯里写出《华氏451》之前不远,就有希特勒臭名昭著得名不副实的先例。鲁迅在《华德焚书异同论》一文里,就列举了他和秦始皇,以及"阿剌伯人攻陷亚历山德府"时,"烧掉了那里的图书馆"的光辉事迹。鲁迅还顺便调侃说,希特勒不但缺乏秦始皇"容纳客卿的魄力",更没有"可比于秦始皇的车同轨,书同文……之类的大事业"……

有禁书,就有读禁书的人;有焚书的来势汹汹,就有藏书的智计百出。唐代章碣作诗嘲笑秦始皇:"坑灰未冷山东乱,刘项原来不读书。"虽与事实不尽合,但也说明焚书这类手段不太管用。当然我们不能说,秦朝的覆灭,应归因于两位起兵者都是大老粗。焚书作用有限,是因为书不可能烧光,总会有漏网之鱼,总有为鱼提供生养之地的水。历史上著名的伏生,秦始皇焚书,他把《尚书》藏在自家墙壁中,等到汉朝建立,以所存的二十九篇"以教齐鲁之间","西汉今文《尚书》学者,皆出其门"。而这位伏生,本是秦朝的博士。在《华氏451》里,蒙塔格的队长比提怎么也想不到,他的部下会借烧书的机会藏书,更想不到自己会死于蒙塔格喷火器的烈焰下。

说到藏东西,忍不住说几句题外话。藏东西是一门有着特殊魅力的艺术。我能想到的最有启发性的两种藏法，都出自侦探小说，一种极简，一种极繁。爱伦·坡的《失窃的信》，写某高官从皇宫偷走了一封重要的信，为了对付警察的搜查，他没有把信藏在暗室、秘密抽屉、椅子横档等一般人觉得隐秘的处所，而是把它看似漫不经心地，弄得脏兮兮的，放在最显眼的卡片架子上。这种做法很冒险，很不专业，因此骗过了太专业的警探。在切斯特顿的《断剑》里，叛国者圣克莱尔爵士杀死知情的军官，为了掩饰罪行，再发动一场自杀式的攻击，断送了八百英军的生命。

切斯特顿笔下的布朗神父对此有句名言：聪明人想藏起一片树叶，应该藏在哪儿？答案是藏在树林里。假如没有树林呢？那就造出一片树林。

如果我生活在《华氏451》中，就照这两个原则藏书去。

2017 年 1 月 31 日

## 咖啡馆读书

读《知堂回想录》，又读到他抄马时芳著《朴丽子》中的一则。马时芳是清代理学家，河南禹县人，说来和我算同乡，但若非知堂老人提起，我一辈子未必接触到他的书。事实上，大量明清人的著作，除了藏书家和能够便利使用图书馆资源的人，即便有心阅读，也无机缘。知堂抄的这一段，说朴丽子与友人去茶园饮茶，天色已晚，茶园里坐满茶客，至少有一百人。两人坐不多久，友人便要离去。出来后，朴丽子问他为什么急着走，朋友说，人多，太闹，受不了。朴丽子说，我和你感觉不同：让我请这么多人喝茶，一则没钱，二则不胜应酬之烦，如今在这里，人不分老幼贵贱，不分职业和出身，各出几文钱，坐下喝一碗，解渴消食，或休息片刻，聊聊家常，交换些传闻，欢声笑语，响成一片，让人看着高兴，甚至会想，人如果更多些才好呢，你怎么会觉得不耐烦呢？朋友听了，默然无语。他的性格向来孤高,自此为之一变。

马时芳所言,不必实有其事,他是在讲一种生活态度,也可以说一种情调。知堂赞赏的,正在这种态度或情调。

纽约似乎不见专门的茶馆,入乡随俗,咖啡馆就相当于茶馆。有人喜欢在咖啡馆读书写作,觉得环境舒适,虽然宾客满堂,往来谈笑,都和自己不相干,又因为热闹,不会孤独。即使在客人少的时候,起码还有服务人员在,空气中还有咖啡和甜点的香味。闹与静,平衡得恰到好处。我是上班族,不曾享受过在咖啡馆坐上一天或大半天看书敲电脑的闲暇,但类似的经验是有过的。读书,除了咖啡馆,在候机室,在地铁和长途火车上,都有说不出理由的愉快,遇上飞机一两个小时的晚点,快乐还可延长一大截。这种时候读书,记得牢,理解也深。与此相反的是,偶尔请假检查身体,上午看过医生,剩下大半天时间,独自在家,喝茶可以,听音乐可以,读书,写作,看电影,都可以,然而效果不好,惶惶不安的,在时间过得快的担忧中,几小时很快被打发掉了。

爱伦·坡写过一篇速写,《人群中的人》,说他坐在窗口看街景,注意到一个不寻常的矮小男子,混杂在人群中,来回奔波。他奇怪的服饰,迥异常人的神色,匆忙而仿佛痴迷的脚步,引发了作者的好奇心,于是离座跟踪。整整一夜，矮小男子脚步不停，随着人流乱走，哪里热闹到哪里，摩擦，碰撞，对他如同极大的享受。他的心思完全在拥挤和奔走上，作者本来顾虑被发现，结果发现是多余的担心。从闹市到僻静的小巷，人群逐渐四散，那人就转回来，找到另一处人多的地方，比如刚散场的电影院门口，融入人群，继续匆匆而行。夜色愈深，将近天明，行人归家，城市沉寂下来，那个害怕孤独的人，如丧考妣，仿佛到了末日……

坡还有一篇《静》，借魔鬼之口讲故事。魔鬼说，在利比亚的一个荒僻之处，扎伊尔河畔，"河床向两岸落千丈伸延数英里，是一片长满巨大的水百合的苍白的荒原。水百合在那片荒原上喟然相对，长吁短叹，朝天上伸着它们又长又白的脖子，但从不摇晃它们的头"。"低矮的灌木丛犹如赫布里底群岛的波浪，永不停息地汹涌骚动。但天上并没有一丝风。那些参天古树东摇西晃，发出一阵阵巨大的声响。从它们高高的树冠，一滴滴露珠，长年不断地往下滴淌。树根旁长着奇异的毒花，毒花在不安的睡眠中扭动。"一个人坐在岩顶上，一手托头，眺望旷野。如此的荒凉和孤寂，不能撼动这样一个天神般坚强的人物。魔鬼唤来深处沼泽中的河马，在月光下怒吼，再用咒语唤起风雨雷电，那人尽管颤栗，却仍然安坐。于是魔鬼发出"静"的咒语，风，森林，天空，雷电，水百合，全都静止下来，月亮停止了移动，云块凝固，"旷荡无边的荒原上一片岑寂"。那人惨然色变，起身倾听，他听到的，是绝对的静寂，只好掉转头，狼狈逃离。

两篇文章说的都是人不能忍受孤独。其实孤独是有层次的，还有时间上的衡量。片刻和相对的孤独，对谁都不算一回事。天长日久的孤独，假如历史上的记载可靠，那些隐修士和苦行僧也能习惯，尽管很容易陷入幻觉或屈服于诱惑。庄子说，逃虚空者，闻人足音，跫然而喜矣。他们也许会假装气愤于清修被扰乱，但心里是觉得欣喜的。朋友多以为我好静，其实我是个不喜欢安静的人，故对坡的两篇小文，戚戚于心。但我又不耐烦吵闹，故也能理解朴丽子之友的反应。读书和写作的时候，宁可身边有人，听见他们的声音，感到他们的气息，就算有点乌烟瘴气也无妨，重要的是保持距离。人群提供的温暖，消解了寂寞，没有功利的因素，虽然隔膜，清淡，却是恰到好处，譬如春风拂面，握之却无形迹。留心的时候，它结结实实地在，心不在焉的时候，就什么也没有。

咖啡馆给人安全感，那就是，你知道，在你读书和写作这段时间，什么事都不会发生，你愿意，就一直坐下去，想走，立即离开，离开了，随时回来。你身心放松，于是，记忆力，理解力，想象力，全都郁然勃发，如微风中的细草，细雨后的竹林，不受羁绊，无惕厉之心。

静静地读一天书是人生莫大的享受，事实上，无心机地静静地做任何事都是人生莫大的享受。"野老与人争席罢，海鸥何事更相疑。"海鸥，《吕氏春秋》作蜻蛉。蜻蜓更有诗意。海上的蜻蜓，海上的蝴蝶，都像洁净街角的咖啡馆一样，给人亲切之感。

常在赶路的时候看到街头公园的长椅，看到某户人家半荒芜的后园，看到猫在草丛中慢悠悠地穿行，麻雀在人行道边蹦蹦跳跳，心想，如果不是有事，坐下来歇歇，读几页书，哪怕是枯燥的十三经注疏也好啊。

2018年11月20日

## 文章辞力

宋人吕大防读过杜甫年谱后总结说，细察杜诗文辞的功力，有一个特点，就是"少而锐，壮而肆，老而严"，不是文章妙手，到不了这个境界。胡仔在《苕溪渔隐丛话》中进一步发挥说，读苏东坡贬谪到南方以后的诗，和杜甫避乱到夔州后的相似，正是所谓"老而严"者。老年的诗文，能够毫不松懈，法度谨严，非常不容易。胡仔说，不仅他这么看，黄庭坚和东坡的弟弟苏辙也都这么看。苏辙说："东坡谪居儋耳，独喜为诗，精炼华妙，不见老人衰惫之气。"黄庭坚说："东坡岭外文字，读之使人耳目聪明，如清风自外来也。"都觉得他越写越好。

文章决定于人的气质和识见。少而锐的锐，是说一种凌厉的气势，就是少年气盛的那种锐气，杜甫的例子，可以举出"会当凌绝顶，一览众山小"。仔细品味，和晚年的"吴楚东南坼，乾坤日夜浮"是不同的，后者的壮阔背后，有很多感慨。不过，像《望岳》这样的诗不多，总体的感觉，与其说是少而锐，不如说是"少而丽"。锐易致浅露，丽就舒缓多了。"诗人之赋丽以则"，杜甫一向是收敛，有法度的。我自己初写文章，学鲁迅，学何其芳，也是少而丽，从来不锐。"壮而肆"，就是得法度后的自由，汪洋恣肆，是文章的理想境界。壮年，精力旺盛，学养深厚，势大力沉，处处随心所欲，谨严和沉郁的同时，又洒脱自在。前后《赤壁赋》就是这样的文字。至于老年文字，即使做不到谨严，起码不能散架子。

古人不如今人长寿，杜甫的晚年，不过五十岁；东坡流放到惠州，五十八岁，到海南，六十二岁。杜甫赞扬庾信，说"庾信文章老更成"，庾信羁留于北方，是他一生的转折，带来文风的大变，其时才四十七岁。我们今天，八九十岁的老人照样著书立说。一个作家的早中晚期，是相对而言的。

听古典音乐，我喜欢听作曲家的晚期作品，那里面有很清澈、很安静，同时又很深沉的东西。文学作品里，最好的例子便是歌德的《浮士德》第二部。《浮士德》他前后写了六十年，第二部是在逝世前一年完成的，当时他已经八十三岁。

苏轼活了六十六岁，晚年在惠州和海南的诗，我曾专门挑出来读，没有年轻时的浮躁和炫技，前人说的"泥沙俱下"的毛病少多了。他离开家乡眉州到京城时，不过二十多岁，一路上的纪行诗，虽然才气难掩，味道终究太淡，三十岁以后就好了。他的起点不如杜甫高，这里可能有个原因：杜甫把他三十岁前的诗作，清理得差不多了，留下的二十几首，是精中之精。东坡如果这么做，给人的印象也会不同。

胡仔转引苏辙的话，出自《追和陶渊明诗引》，那一段文字，完整的是这样："东坡先生谪居儋耳，置家罗浮之下，独与幼子负担渡海。葺茅竹而居之，日啖薯芋，而华屋玉食之念不存于胸中。平生无所嗜好，以图史为园囿，文章为鼓吹，至此亦皆罢去。独喜为诗，精深华妙，不见老人衰惫之气。"

胡仔还赞扬东坡在岭南所作的三首瞰字韵梅花诗，"皆摆落陈言，古今人未尝经道者。三首并妙绝，第二首尤奇。诗云：'罗浮山下梅花村，玉雪为骨冰为魂。纷纷初疑月挂树，耿耿独与参横昏。先生索居江海上，悄如病鹤栖荒园。天香国艳肯相顾，知我酒熟诗清温。蓬莱宫中花鸟使，绿衣倒挂扶桑暾。抱丛窥我方醉卧，故遣啄木先敲门。麻姑过君急洒扫，鸟能歌舞花能言。酒醒人散山寂寂，惟有落蕊粘空樽。'"和他的"平生得意之作"，壮年在黄州写的海

206 /　　　　　　　　　　　　　　　　　　　风容

棠诗相比，并未相去万里，而是各有千秋。

朱弁在《风月堂诗话》中说得更具体："东坡文章，至黄州以后，人莫能及。唯黄鲁直诗，时可以抗衡。晚年过海，则虽鲁直亦瞠若乎其后矣。或谓东坡过海虽为不幸，乃鲁直之大不幸也。"朱弁说苏轼文字前后两变，到黄州一变，到岭南再一变，愈变愈好，终于无人可及。对于这一点，《诗人玉屑》记录了两位宋代名诗人的现身说法。韩驹说："东坡作文，如天花变现，初无根叶，不可揣测。如作盖公堂记，共六百余字，仅三百余字说医。醉石道士诗共二十八句，却二十六句作假说，惟用两句收拾。作鹤叹，则替鹤分明。"唐庚说："余作南征赋，或者称之，然仅与曹大家争衡耳；惟东坡赤壁二赋，一洗万古，欲仿佛其一语，毕世不可得也。"

作家的老年文字，内容往往炒冷饭，毫无新意，其次则结构散漫，搭不成架子，加上唠叨重复，满纸废话，处处与"严"相反。坊间当下的大师名作，多半如此，赞扬者还要誉之为"洗尽铅华，炉火纯青"。一锅白开水如果是汤的最高境界，没有点燃的炉子那就比炉火纯青还要高妙。说实话，老了，自忖没有杜甫和苏轼那样的辞力，藏拙的最好办法是：写短文，写小题目。小题目好把握，各方面都能照顾到。否则，还是像王维那样，"晚年惟好静，万事不关心"好了。

　　东坡和杜甫都是到晚年愈加精纯，但风格还是有区别的。杜诗格律精细，意境阔大，苏诗则如满天花雨，依旧缤纷。人老，精神不能老。我希望别人"老而严"，自己是不愿意到达那个阶段的，我愿意一直壮而肆。这说来也不难，一要精力充足，二要心情愉快。如此，在创作过程中，奇思妙想纷至沓来，千言万语一挥而就，"笼天地于形内，挫万物于笔端"，正如陆机《文赋》所描写的境界。心情不轻快的时候，下笔按部就班，题中应有之义，一项也不缺，这样的文章，当然说得过去，但千好万好，只缺一样东西：神气。唐庚感叹《赤壁赋》难以企及，就在其中的神气，就在那许多神来之笔。

2018年5月7日改定

## 神闲意定 始一扫

陆游在四川的时候,结识了能文善书的隐士师伯浑。他说,这个师伯浑,一见就知道不是凡夫俗子,因为他言谈举止之间,有一种恢宏的气度。分手那天,师伯浑在青衣江上为陆游饯行,酒到酣处,旁若无人地放歌。动静太大,把水鸟都惊飞了。陆游没有酒量,浅饮辄醉,而师伯浑豪迈,至少喝了一斗酒。将近半夜,船在陆游昏睡中扬帆启程,次日到达平羌。陆游醒来,发现师伯浑为他写了一张很大的条幅,留在船舱里。醉中乘兴之作,笔墨酣畅淋沥。陆游形容说,师伯浑的字,如"春龙奋蛰,奇鬼搏人"。

师伯浑是眉山人,与苏轼是同乡。山水清灵之地,常多高人逸士。苏轼自不必说,他在《书蒲永升画后》讲到几位了不起的蜀中画家,如黄筌黄居寀父子,蒲永升,还有孙知微,后者也是眉山人。孙知微曾应邀为大慈寺寿宁院作画,在四堵墙壁上画湖滩水石。他反复酝酿,过了一年,依然不肯下笔。某一天，匆忙从外面跑来，大声呼叫准备笔墨，随即"奋袂如风，须臾而成"。他画的水，奔湍巨浪，"作输泻跳蹙之势，汹汹欲崩屋也"。在知微之前，大画家孙位也是画水的圣手，知微的笔法就是从他那里学的。苏轼感叹，孙知微既死，笔法中绝五十余年，直到成都画家蒲永升出来，才把二孙的传统发扬光大。

中古以来，文学和艺术家中，这种率性狂放的行为多见诸记载，以为美谈。杜甫《饮中八仙歌》中写张旭便是经典的一例："张旭三杯草圣传，脱帽露顶王公前，挥毫落纸如云烟。"短短三句诗，勾勒出一个书法家的潇洒形象，较之以记人传神著称的《世说新语》，亦不遑多让。年轻时读这类故事，虽不能至，心向往之。与张旭同被称为"颠"的米芾，《春渚纪闻》中有他"巧取豪夺"皇帝砚台的壮举：某一天，宋徽宗和蔡京在一起谈论书法，空谈不足，当即传召米芾，让他在屏风上写字。写完，君臣相对，赞赏不已。米芾乘兴把刚用过的端砚捧在手上，请求徽宗赏给他。米芾说，砚台经过我的涂抹，已经脏了，不适合皇上再用，干脆给了我吧。徽宗大笑，真的给了他。米芾手舞足蹈，拜谢完毕，抱着砚台往外跑，墨水淋漓，洒得满袖子都是，但他视若无睹，脸上喜气洋洋，好比得了糖果的小孩子。徽宗见状，对蔡京说，米芾这疯子的名声，真不是虚传的。

蔡京说：米芾的人品确是没得说的，像他这样的人，只能有一，不能有二。看过米芾苕溪诗帖的人，大概都会想起这个故事。那种天地苍茫、所向披靡的痛快，真可使人把俗杂事忘之一尽。难怪苏轼会说出这样的话："岭海八年，亲友旷绝，亦未尝关念。独念吾元章迈往凌云之气，清雄绝俗之文，超妙入神之字。何时见之，以洗我积年瘴毒耶？"

王羲之赞扬谢万的"迈往不屑之韵"，陆象山说王安石"英特迈往，不屑于流俗"，都用了"迈往"一词。什么样的人才当得起这两个字！

庄子《田子方》篇讲宋元君请人作画，所有画师应声而至，作揖跪拜，恭恭敬敬站在一边，舐笔濡墨，诚惶诚恐地等待君王的吩咐。唯有一个画师最后才来，不像别人那样急着往里挤，从容不迫，宛如寻常。轮到他，行礼之后立即离去，并不多言。宋元君好奇，派人跟随去查看。那人到了家，脱掉衣服，盘腿而坐。宋元君听罢汇报，说，行了，这就是我要找的画家。"解衣盘礴"从此成为形容画家进入创作入神状态的词语。王安石《虎图》诗便有这样的描写："想当盘礴欲画时，睥睨众史如庸奴。神闲意定始一扫，功与造化论锱铢。"

李贺说："殿前作赋声摩空，笔补造化天无功。"说作文，和王安石的意思相同。一个人，不管才气如何，成就多少，终生热爱，乐在其中，都会有这样的瞬间。在那个瞬间，他是自己的主人，也是世界的主人，他是孙知微，师伯浑，是张旭，也是米芾，是陆游，也是苏轼。

我读《张大千谈艺录》，读了好几遍。徐悲鸿爱张大千的画，赞扬张氏为五百年来第一人。大千先生则一气列举了二十多位平辈画家，以为他们"莫不各擅胜场"，至于老辈丈人行，则"高矣美矣，但有景慕，何敢妄赞一辞焉"。谦逊之中，难掩自得与自信。他又与人谈道："我画画，完全是兴趣。我想画时，哪怕是半夜两三点钟也经常爬起来画，太太也跟着起来。不想画就不画，哪怕是今天家里没钱买米，还是不画。"我读到此段，不禁大乐。我有过半夜醒来，借着窗外微光在硬纸片上记下诗句的经历。梦中也作过文章，读到过人世未见的奇书，可惜记忆力未曾留下一鳞半爪。然而也偶有快意的事：某周末的早晨，喝罢咖啡去书店，突然思绪泉涌，不可抑止，于是坐在路边台阶上，写成一首不算短的诗。诗名《夜叉》，自觉如一首汪洋恣肆的七古。

诗好不好呢？谁管它。

2019 年 3 月 21 日

第四辑

午夜之歌

# 画商日记

法国画商雷奈·詹泊尔的日记，断断续续读了很久。读得慢，原因有二，一是内容丰富，二是译文不畅，有不少错误。作者在二十世纪初期至二战之前，往来于欧美之间，生意做得很大，交往的人物，一头是名画家，一头是大富商，见闻的点点滴滴，足以为爱好者的谈资，而与莫奈、雷诺阿、法国小说家普鲁斯特及其他文艺界名人相关的部分，更是珍贵的资料。

詹泊尔阅人既多，观察力敏锐，做生意的，善于揣摩别人的心思，随意写来，常能涉笔成趣。他写马蒂斯："除了两眼是蓝色，他周围的一切都是黄的：外套是黄的，面部皮肤是黄的，靴子是黄的，心爱的胡子也是黄的。他戴眼镜，自然也是金色镜架。"（本文引用的雷奈·詹泊尔日记，均对中译本略作修润——编注）红黄蓝三原色是马蒂斯喜欢的颜色，他的色彩搭配，鲜艳明快，富于童趣，即使是女人衣袍的灰色，也给人春光明媚的感觉。这里的描写，真是人如其画。写毕加索："年尚不及四十，却已肥头大耳，面无血色，两只骨碌碌的褐色眼睛，活像小孩玩坏了的铜钱。这位大胖子的脸上共有六根线条，像解了扣的布口袋，从双眼、鼻孔和嘴角两边垂直而下，脉络清清楚楚。"形容毕加索的眼睛，再没有比"骨碌碌"三字更传神的了。大艺术家都是有个性的，尤其体现在任性、率性和见解之独特与奇特上；平常人也有精彩的言行，奈何无人记录，我们无从知晓和赞赏。一位颇具身份的女士要求毕加索为她画像，约时间见面，毕加索答复说："用不着，你只要寄一绺头发和一条项链来就行了。"《围城》里，钱锺书写孙柔嘉勾画汪太太的形象，"十点红指甲，一张红嘴唇"，与此异曲同工，颇疑毕钱二人是有过交流，并曾拊掌一笑的。

詹泊尔对画家及其作品的评价，有时只言片语，既幽默，又一针见血，如说拉斐尔前派："他们专门唱反调，就像骡子一样，是违反自然规律的产物。"我年轻时候对拉斐尔前派，特别是其中的伯恩－琼斯和伍德豪斯，一度相当着迷。他们的绘画题材多取自古代传说和文学作品，画风细腻唯美，特别对我这个外行的口味。然而复古的口号之下，革新不多，一味甜美，近乎媚俗。我还喜爱安格尔，至今不变。安格尔的古典主义纯粹多了，他与拉斐尔的关系，略似尤金·奥尼尔之于古希腊悲剧，有精神的继承。可惜日记里没有对安格尔的评价。

J.P.摩根是美国的金融大亨，也是大收藏家。纽约的摩根图书馆，是细心的游客必到之处，其中收藏的珍罕书籍和文稿画稿，绝对蔚为大观：歌德、简·奥斯汀、梵高、马勒，应有尽有；达·芬奇、米开朗基罗、鲁本斯、伦勃朗等大画家的画稿，多达近十二万件；弥尔顿《失乐园》唯一现存手稿、狄更斯的《圣诞颂歌》手稿和美国的《独立宣言》，都在这里。大名鼎鼎的古腾堡圣经，摩根图书馆藏有三部。关于J.P.摩根，詹泊尔讲了一则逸事：巴黎有位名叫伯纳德·弗兰克的收藏家，将毕生收集的一百多张十八世纪的舞蹈艺术卡片，以二十万美元卖给摩根。交易之后，摩根问他，花了多长时间收集到这些，弗兰克叹口气："三十年。"摩根咧嘴一笑，说："我才花了五分钟。"

詹泊尔着墨最多的画家是莫奈，其次是雷诺阿。日记里多次记录访问莫奈，第一次是一九一八年八月十九日。他们坐了火车换自行车，沿着塞纳河骑行，一路风光如画，路旁多画家的画室。莫奈的大宅有围墙，入门便是花园，其中花木荟萃，植株异常高大，菊花之类的草本花卉，竟然高达六英尺以上，花色非红即蓝，颜色纯正，绝无粉红淡蓝之类。一见面，莫奈就抱怨说，他工作时不会客，"我是在力求掌握瞬间的色彩，表现不可捉摸的无形的东西。说来这也是我自己的毛病。光线消失，色彩还在，如何处理，真是令人伤透脑筋，色彩，无论什么色彩，寿命只有几秒钟，顶多三四分钟，这么短的时间，怎么来得及画？色彩一消失，你就得停笔！"

在莫奈的画室，作者看到，十二幅油画一幅挨一幅，在地上摆成一个大圆圈，全是一样的题材："睡莲与水色，天空与阳光。水天相接，无始无终，予人浩渺无垠之感，仿佛置身于混沌初开之际，神妙无比。"莫奈的睡莲，后来越画越大，纽约现代艺术馆展出过，比整整一面墙还大。莫奈说，画大幅画让他着迷，想画稍小点的，已经办不到了，积习难改。王安石喜欢花木在水中的倒影，喜欢那种洁净和色光摇漾的美，莫奈喜欢光的游戏，睡莲开在水面，水天相映，光影相接，那种恍惚迷离之感，最富诗意。他甚至说，伦敦也是冬天好，因为冬天有雾，"有了雾，伦敦才显得那么雄伟！"

在三个月后的第二次探访中，詹泊尔注意到，莫奈的调色板上挤好了颜色，各种色调的黄、蓝、紫、红、绿，中间是一堆白色，唯独不见黑色。他问莫奈，莫奈说："我从年轻时候起就放弃了黑色，永远不用了。"我没看过莫奈所有的画，不知此话是否当真。

詹泊尔写雷诺阿的晚年，生事无虞而行动艰难，虽然壮心不已，然而一饭三遗矢，让来客心中恻然。一九一八年，雷诺阿七十七岁，那年三月，詹泊尔去看望他。其时雷诺阿太太已过世三年，屋子无人收拾，杂乱不堪。画家"手指萎缩，骨节突出，皮包骨，蜷缩在掌心里，已经伸不直了"，但还坚持作画。女仆说，作画时，必须帮他把画笔夹在指缝里，用细绳或丝线绑好，掉下来就再绑上。人老迈如此，眼神却像山猫，不可思议的锐利："有时他叫我，说画笔上有根毛掉在画布上了，让我捡出来，以免影响上色。我找了半天也看不见，结果还是他指给我，是一根很细的毛，藏到一小块颜料里了。"

　　印象派画家注重光线和色彩的变化，雷诺阿有时虽然太甜太暖，在表现光影的变化上，却是很下了功夫的。他告诉詹泊尔，油画年头久了，颜色会变，这一变，就不是画家创作时所要的效果了。早年他在卢浮宫，看到特洛提的《牧归图》，"小牛鼻孔哈出的水汽在阳光下色彩鲜明，几年后再见，阳光的效果已经荡然无存"。他就想，应当调出一种永不变色的颜色。为此他不断尝试，但仍然没把握。雷诺阿有一幅画，画中女士手持玫瑰花，花被画成比较重的砖红色。雷诺阿解释说，之所以如此，是预先考虑到将来颜色的变化，砖红色若干年后就变成理想的乳红色了。

莫奈有同样的观点,他说过,荷兰画家并未把大自然都画成黄色,之所以看成黄色,是原来的色彩变了。"我们年轻的时候,去卢浮宫看画,专门把我们的袖口和伦勃朗画中人物的袖口对比,结果证明,他的作品早已不是原来的颜色。鲁本斯不同,他的风景画经住了考验,原来就很漂亮。"他还担心柯罗的画油色上得不够,将来不知会变成什么样子。詹泊尔闻此,不禁感叹:艺术家为了艺术,太殚精竭虑了。

这使我想起张大千的故事。张大千在敦煌临摹壁画多年,用功极深,他后来的菩萨画得特别好。张大千曾自豪地说:"我对佛和菩萨的手相,不论它是北魏、隋、唐,初唐、盛唐、中唐、晚唐,还是宋代、西夏,我是一见便识,而且可以立刻示范。你叫我画一双盛唐时的手,我决不会拿北魏或宋初的手相来充数。"天赋高又勤奋的艺术家未必成功,但成功的艺术家必定既有天赋又能勤奋。

詹泊尔很称赞雷诺阿一幅画里的树画得精妙,雷诺阿说:"这棵树可让我伤透了脑筋。树的色彩很丰富,不能一概用灰调子。那些小树叶子,把我累得筋疲力尽。一阵风过,色调就变了。依我看,树叶的色调不在叶子上,而在叶子之间。"

画家年轻时,四处游荡,随时作画,没有钱的时候,还曾以画抵房租。成名后,这些画价值不菲,画家自然很想收回到自己手中。雷诺阿在布日瓦附近的一家旅店就留下不少画作,包括八张大幅的。八年后重回故地,旅店老板对他说,雷诺阿先生,很高兴看见你回来,你有一卷画忘了带走,这次可别忘了。雷诺阿的喜悦,可想而知。

雷诺阿说过:"华托,拉斐尔,正当盛年就夭折。正因为他们自知天不假年,才如此才华横溢。"他和莫奈都得享高寿,这句话,不知是感叹还是羡慕。

附记:张正寿兄酷爱阅读日记,收藏了很多古今中外日记,其中既有正式出版的名人日记,也有网上买到的普通人的日记实物,后者尤其具有文献价值。他的日记发在博客上,我是当作当代乡邦文献来读的,每篇必读,摘录了不少存于自己的日记里。《画商詹泊尔日记》就是在他的日记里看到,觉得有趣,才找来读的。法拉盛图书馆的一本,还是广西师范大学出版社2003年的版本,被翻看得快要散架子了,很庆幸没有被处理掉。借回读完,夹了纸条,准备摘录,然而最后摘录下来的,不过寥寥十几条。有的内容无法摘录,只能复述。其后作一短文,讲书中的画家故事,以莫奈和雷诺阿为主。到写的时候,限于专栏的篇幅,莫奈部分略去。大半年后,略作修改,增加了三四百字，把原来讲得太疏略的内容补得圆润些。为此，把书借回，有选择地重读一遍。时过一年，文章结集，核校此文，觉得莫奈毕竟是一个遗憾，何况文章里说过，"詹泊尔着墨最多的画家是莫奈，其次是雷诺阿"，莫奈怎么能付之阙如呢？于是仍去图书馆找，却不见踪影，几天后查明还在架上，再去，果然找到。当晚展读，仍觉滋味无穷。次日把莫奈部分补入，又添加一小段毕加索和雷诺阿的趣事，终于松了一口气。文章神完气足，篇幅却增加了一倍。古人尝言作文章难，不知读书也难。读书的难，一在找书，有些书是永远找不到的，有些可以找到，然而花费的时间和精力，不是能轻松承担的，当然只好放弃。书在手边，读书要花大量时间，也是非常奢侈的事。庄子说，吾生也有涯，而知也无涯，以有涯随无涯，殆已。这么说，读书和写作，注定是要失败的事。然而我们可以不理睬庄子，不求完美，也不求做事的量度。做事，做而已矣。古代有些诗人，一辈子只留下一句诗，连一首完整的都没有，不也很好吗？

             2017 年 12 月 19 日
             2018 年 12 月 13 日改定

# 莎士比亚哪儿又不对了？

阿加莎·克里斯蒂的小说《魔手》里，有个叫梅根的姑娘，单纯，率性，男主人公杰里和她谈起学校的情况，她说对很多课程都不喜欢，太多东西纯属"瞎讲"。比如历史，同一件事，同一个人物，不同书上读到的都不同。杰里说，这正是历史的趣味所在。梅根又说，语法没有意思，作文要多愚蠢有多愚蠢，至于课文，满篇"雪莱写的那些废话，什么云雀叽叽喳喳乱叫了，还有华兹华斯，对傻里傻气的水仙那么迷恋，还有莎士比亚……"杰里好奇地问："莎士比亚哪儿又不对了？"梅根说："他爱弯弯绕，用那么难的方式进行表达，让人猜不透意思，但莎士比亚有些作品我还是喜欢的，比方说，我喜欢高纳里尔和里根。"高纳里尔和里根是李尔王的两个歹毒女儿，杰里奇怪梅根为何喜欢她们？梅根说，"我也不清楚"，"但她们变成那个样子，一定有什么原因"。

过些日子,梅根告诉杰里,她不断想这个问题,现在知道答案了:"是因为她们那可恨的老爹老是要别人说奉承话。如果你老是得说'谢谢您','您多仁慈',以及其他类似的话,你肯定烦透了,就盼着使次坏来换换口味。等你逮到机会,你已经压抑不住了,昏了头似的,一玩,结果就玩过火了。老李尔太讨人恨了,不是吗?"

杰里不得不承认,梅根的看法有道理。

听侦探小说里的人物谈莎士比亚,是很奇妙的事。读书常有意外的快乐,此即其一。克里斯蒂喜欢在小说里拿古典文学和艺术作品做点缀,尽管出自虚构人物之口的话不一定代表她本人的观点,但那些俏皮、不无调侃之意的"评点",往往别有妙趣。莎士比亚的语言确实富丽繁缛,张谷若老先生翻译菲尔丁的《汤姆·琼斯》,举例说,菲尔丁写到苏菲娅伤心痛哭,发议论道:没看到愁怨中的美人,就不能领略其最光辉照人的美丽。这"最光辉照人的美丽",张谷若为了一展六朝骈文式的繁缛,铺张形容,译为"红愁绿惨,翠颦黛敛,梨花带雨,海棠含露"。后文一个普通单词"泡影",张先生也扩展为"镜花水月,电光泡影",差不多把《金刚经》的六喻凑全了。莎士比亚的繁缛大略类此,应该是当时的风气吧。参考张译,我们很可理解梅根为什么说莎士比亚"弯弯绕"了。

梅根生活在一个不幸的家庭，评判高纳里尔姐妹，固然有个人身世引发的同情，有愤激的成分，但也说明一个道理，人是环境的产物，造成高纳里尔姐妹之恶的，很大一部分原因，正是李尔的昏聩和情感上的索取无度。尽管我喜欢莎士比亚的戏剧，但大部头的莎评，不免让人昏昏欲睡。像梅根这样的随口之言，反而能启发我们像杰里一样，去想想那些从来没有留意过的方面。中国的很多典籍，如要读懂读通，非得读好多种集注集解不可，西方的典籍如莎士比亚亦然。近代甚至二十世纪的书，我们以为可一览而过的，如乔伊斯的《都柏林人》，不看注释，也难免隔膜。然而多数译著是没有注的，即使有，也是"亚历山大·蒲柏：18世纪英国诗人"之类，对读者几无助益。很多时候，我们得靠读杂书，以好玩的方式获得一些必要的知识。

前面说到《汤姆·琼斯》，亨利·菲尔丁熟悉莎士比亚，在这部英国十八世纪最伟大的长篇小说里，就很有几处，有助于加深我们对莎士比亚的理解。比如第七卷第七章，苏菲娅告诉女仆昂纳阿姨，她宁可自刎，也不愿遵父命嫁给无耻的卜利福。昂纳劝她，千万别起"这样万恶的念头"，一个人自杀了，"得不到照着基督教的规矩入土安葬，得把尸首埋在大道上，还得用一根大木桩从身上穿透了"。张谷若注:"英人自杀,除在法律上为犯罪外,宗教方面,对之更严厉。不许这种人在教堂奉献过的坟地里埋葬,牧师不给他举行葬仪。他须赤身无棺,埋于十字路口,且胸部穿一木桩。"《哈姆莱特》中,奥菲利娅连遭失恋和丧父的打击,心智失常,投水而死。她哥哥雷欧提斯不满葬礼草率,教士解释说,奥菲利娅的葬礼已经超过"应得的名分",按例该把她葬于圣地之外才是。"我们不但不应该替她祷告,并且还要用砖瓦碎石丢在她坟上;可是现在我们已经允许给她处女的葬礼,用花圈盖在她的身上,替她散播鲜花,鸣钟送她入土,这还不够吗?"挖墓穴的小丑也对奥菲丽亚享受的特殊待遇不满,出言讽刺。那么,按当时习俗,自杀者该如何安葬呢?除了不能享受基督徒的葬礼,不能葬于教堂的墓地,其他情形并不清楚。读了《汤姆·琼斯》,我们才从昂纳那里弄明白。昂纳阿姨还举了例子:一个绰号"半便士"(可见其穷)的农夫,自杀后被埋在公牛十字路口,身上钉了木桩,就像好莱坞电影里对待吸血鬼一样。

世上的事情,真是无独有偶。我小时候,在乡下赶上元宵节,漫山遍野的坟头都点上一盏小灯——有简易的油灯,用墨水瓶做的,甚至有用泥巴或挖空的萝卜做的。不放油灯,点半截蜡烛也行。然而村外的小路口,平地上也有人插上蜡烛。问人,说这是给自杀的亲人点的。自杀者大概被认为有罪吧,故要埋在路口,任人踏踩。

再如《哈姆莱特》第一幕,老王的鬼魂拂晓前现身,守夜军官马西勒斯让霍拉旭上前与鬼魂搭话,另一军官勃那多也说,鬼魂希望我们对他说话,因为他有话要说。霍拉旭将此事告诉哈姆莱特,哈姆莱特首先就问:你们有没有和他说话?霍拉旭回答,说了,鬼魂将要开口,却响起雄鸡的啼鸣,把他吓走了。他们为什么反复提到主动和鬼魂说话?《汤姆·琼斯》第十一卷第二章给出了解释。苏菲娅路遇弗兹派崔克太太,两人骑在马上,同行良久,互不开言,直到走过三英里,苏菲娅才主动和弗兹派崔克太太打招呼。小说此处写道:"另外那一位,像一个鬼魂那样,只等别人先对她开口,她才能说话。"译注说:英国旧时有一种迷信观念,鬼魂遇人,必须人先对他开口,他才能对人说话。

像这些地方,中译本都应当加注。

2019 年 5 月 17 日

# 高更是个疯子

世上的事物，无论哪一方面的性质，从高到低，都成一个系列。和儒道两家推崇中庸不同，我觉得事物之可取者，多在两端。所谓两端，不是说极端的部分，那是理论上的假设，是指接近极端而离中间广大的模糊地带比较远的地方。比如人，要么有文化，有教养，通情达理，宽容随和，要么纯真质朴，温厚善良，一切发自天性。最怕的是似懂非懂，有一点世故，有一点教养，然而教养不足以调和世故，或者可以理解他人，却不足以深刻和真切地理解，那么，还不如一点也不理解，只凭天性，给以无保留的信任。米，做熟了，是饭；不做，还是米。做得半生不熟，就什么都不是。

混沌未开的人物，如未经凿磨的璞，见于小说中，当然是作者写自己的理想。果有生活在现实中的，则非常困难。因为现实的取舍，正与理想相反，不取两头，只取中间。

好比河边的卵石，方尖规整的难以见到，正圆的也几乎没有，有的，都是磨得扁圆，或正在向圆形靠拢，逐渐失了棱角的。人际关系，就像簇拥在一起的石块，被社会的潮水推荡，互相摩擦碰撞，造成伤损，各自做出牺牲，最后形成一定的平衡，终于暂时安稳。

处于端点，显示出来是强烈的个性。在文学和艺术中，我们喜爱有个性的人物。社会需要的，恰恰不是个性。一个有强烈个性的人就像一个发挥不稳定的零部件，在社会这个大机器上，是个不安定的因素。要存在下去，必遭强力修正。要么自我修正，要么被淘汰。我们看莱尼·里芬斯塔尔的纪录片《意志的胜利》，面对狂欢并且歌唱着的人群，面对挥舞的花束和旗帜，面对彻夜的篝火和清晨的号角，面对整齐的队列和齐刷刷的敬礼的手，我们会想，在这种盛大的场景中，个人有什么意义呢？你能想象杜甫赞美的"巢父调头不肯住，东将入海随烟雾"有什么意义吗？你觉得在向着大地洒落的千万颗雨珠中，独有一颗逆势而上，直冲云霄，是可能的吗？

台湾作家司马中原写过一本小说《巫蛊》，自称系根据读者来信所谈的亲身经历写成，故事散漫，似乎也没什么想表达的意思。二十年前读过，如今只记得那个高中毕业从城里到山中教书，无意得罪了邪恶巫师而被蛊惑的单纯小伙子，虽饱受折磨，最终有惊无险。我有时想起这本书，一是因为巫术，二是书中一个山地姑娘，尽管描写粗率，却有原型效果，像是某种哲学观念的简单例证：

"那少女留着一头乌黑清丽的长发，穿着古旧的衣服，头上顶着一只粗陶的水罐，从山坡的小径上走下来，姿影轻盈，像一只燕子。""今天夜晚，她是穿着山地的盛装来的。黑底叠镶着红和绿的宽花边，颜色对比非常强烈，好像在翻滚的黑云上张起了夺目的霓虹。她的长发挽成两条长辫，顺肩垂到胸前来。颈间佩戴着多串项链，走动时，发出碰击的声音。"

这个栖身于深山密林名叫卡妮布娜的女孩，身上流露着无邪和神秘的气质。头顶水罐的形象，让人联想到法国画家让-巴蒂斯特·格勒兹那幅流行的画作《打破的水罐》，然而卡妮布娜和画作的失贞主题毫不相干，她是因为无意识地体现的简单、健康、美丽和快乐的品质而让人欣赏的。

《巫蛊》中的高中生一度倾心于卡妮布娜，但即使没有巫师的干预，他们的婚姻也很难成功。卡妮布娜代表的品质，是环境的产物，进入现代社会的城市，必然如鱼离水。如果她以脱胎换骨为代价去适应新的生存环境，她就不再是卡妮布娜，而高中生的理想爱情也就失去了意义。

年轻时喜欢德国作家保罗·海泽的《特雷庇姑娘》这类故事，但它们都有一个不能免的俗套，是和《巫蛊》一样，书中的女孩总是乡下或城市平民中天性纯笃、心智未开的人物，或者更进一步，属于深山大泽中的异族。借用哈代小说的名称，总之是远离现代文明的尘嚣的。

特雷庇姑娘爱上逃亡的革命志士，不惜一切救他，救下之后又不惜一切试图留住他。但他不可能与她厮守终生。男人是革命家，女孩不过一乡下丫头，只知爱人，不懂得爱革命。革命家在暂时不革命的当儿，受伤卧床，生死操于他人之手，无力又寂寞，一个年轻健美的女孩的身体，该是多大的诱惑，而且女孩还救了他的命。然而能有什么样的结局呢？要么革命失败，革命家成为殉道者，要么革命胜利，革命家做了新贵。不论哪种情形，特雷庇姑娘注定梦想成空。

大多数理想仅是在纸面上好看。洞彻世事的哲人，一个成熟的思想者，大约总是一个悲观主义者，他明白此中玄机，也就满足于在书房里叱咤风云，做天马行空之梦。卢梭不曾闹革命，而据巴尔扎克在小说中的描述，马拉和罗伯斯庇尔不过一对粗坯。换到微不足道的小事上，卡妮布娜和特雷庇姑娘固然美好，我们的男主角会因此甘守贫瘠的山乡，过一辈子"羲皇上人"的生活吗？这样固守极端的人当然有，画家高更就是。然而大家说，高更是个疯子。

2017 年 1 月 18 日

## 基耶斯洛夫斯基的残酷

重看基耶斯洛夫斯基的《维罗妮卡的双重生活》，仍旧为其中的诗意和哀愁感动。电影的金色基调是我喜欢的，还有艾琳·雅各的优雅。波兰朝法国靠一靠，优雅便有几分深度。当然这话要反过来说。譬如从前的肖邦，也是如此。东欧大都是这样，靠向法国的，便轻盈，但处理不好，即有媚俗之虞。米兰·昆德拉是二者皆备的，成败都在用心经营的哲理意味上。他的暗色调背景是东欧的，漂亮的外形是法国的。靠向德国，便成了卡夫卡，或者向另外的方向：里尔克。当宗教在其他国家不妨当一首小步舞曲时，在东欧，宗教是沉甸甸的。

维罗妮卡的故事想表达什么呢？两个女孩，同样的名字，同样的音乐天赋，一个在波兰，一个在法国。一个猝逝于歌唱的舞台上，另一个，由于切肤的丧失之痛，从此改变了人生。我们和他人紧密相连，因为意识不到的他者的存在而感到充实。"我不是孤单一人",说的不是身边的亲友,而是那个从不相识、顶多擦肩而过的自我。神秘吗?一点也不。你相信,就有。在电影里,凡事都可能,毕竟世界的本质只有通过幻象才能更简洁地表达出来。

基耶斯洛夫斯基对神秘的天意感兴趣。在天意这朵花上,他缀上的花瓣是两性关系。天意不是命运,有时候近似,有时候,就是一个单纯的真相,被复杂的形式包裹了。在红白蓝三部曲的《蓝》里面,女人在丈夫逝世后发现丈夫生前的秘密,使得历史和未来都变得不可靠了。建立在虚假前提上的历史,比如过去那些日子女人对丈夫的情感,在前提坍塌后,还是真实吗?即使不真实,也确实存在过了。这是无法改变的。那么,探求真相意义何在?因为一个微小的细节发现真相,正是偶然中的天意,结果是使无辜者受难,承担原本不应由他承担的责任。

基耶斯洛夫斯基对女人的爱怜常常被残酷颠覆。一个维罗妮卡死了,活着的维罗妮卡遇到那个木偶戏表演者,一个在我看来冷酷如同《第七封印》中的死神的人。她差点爱上并沦陷于这个"艺术家"之手。说他冷酷,因为他的用意在操纵。操纵他制造的美丽女偶,任其死于舞蹈,死于所谓"美"的奉献。然后,把这种结局归结为宿命。

木偶艺人说:他造木偶,总是一次两个,因为演出多,容易损坏。那些美丽的人偶注定是要损坏的,要珍惜她们也很容易:只要不强迫她们跳舞。

没有选择吗?在其中一个版本中,维罗妮卡逃离了。

基耶斯洛夫斯基善于为理念讲故事,然而故事却是以最感性的形式出现的,残酷披上了唯美的外衣。《十戒》的开篇故事沉重难忍,差点让我失去看完整部电影的兴致。这个故事说,有一位带着小男孩过日子的单身父亲,因为相信科学,对宗教不够虔诚。儿子喜欢溜冰,买了新冰鞋,盼着冬天到来,河上结冰。父亲根据天气预报的温度数据算出,某一天的冰层足够坚实,可以滑冰了。小男孩去了,结果踏破冰面沉水而死。这个意外的悲剧,被解释为父亲在科学和宗教之间的错误选择。我很难接受这样的故事,它是图解式的,不合逻辑,连唯美也没有,除了无辜惨死的小男孩天使般的面容,一切都是阴沉而残酷的。小男孩的死,只为了证明父亲的错误,证明神意难测。

在东欧作家和艺术家那里,深刻和残酷往往密不可分。一方面,过往的那段历史本身就是残酷的,另一方面,基本上被忽视了的、一旦揭示出来却更令人惊心的事实是,从红色东欧出走到西方的作家和艺术家,习惯性地染上了迫害者的残酷,不用于现实,用于想象,用于他们的艺术表达。基耶斯洛夫斯基在清算过去的暴政,"重寻被某种理论破坏的基本价值"的同时,也展示出另一种"残酷",由此正可见人可以多么复杂,摆脱过去又是多么困难。

当然,事情不仅在东欧。

2012 年 7 月 23 日

## 无辜者的受难

　　希区柯克的好几部影片都讲了一个无辜者意外陷入险局的故事，如《年轻无辜》《三十九级台阶》《西北偏北》，以及《电话谋杀案》。作为商业电影，这些故事在惊险和悬疑上吊足了观众的胃口之后，无不于山重水复之处，忽然柳暗花明，于是好人脱难，真相大白。《西北偏北》甚至拍成了一部男单身汉的幸福奇遇记，遍地开花的小噱头逗得人从头到尾忍俊不禁，难怪多年来一直是希氏出品中最受欢迎的一部。

　　《西北偏北》中的加里·格兰特因为被错认为某个重要人物，从天上一头扎进德国间谍网，又被美国反间机构"善意"利用。他是完全的局外人，没有谁一开始就把矛头对准他，要置他于死地。所以他不仅有惊无险，还顺手收获了爱情。但对于另外一些故事的主角，事情就没这么浪漫了：被陷害者或者由于对方势力的庞大，设计的精密，或者由于自身的缺陷，甚至仅仅是由于运气不好，穷途末路，欲辩无门，很可能落得窦娥的下场。《电话谋杀案》的气氛已经非常沉重，被丈夫诬陷谋杀的年轻妻子，如果没有那个老练的警探勘破迷局，差点就被定罪送上绞架了。

和《电话谋杀案》路子近似而更加残酷的是《忏情记》。这是公认的希区柯克"最黑暗"的一部电影，情节的悬念第一次与沉重的道德主题结合在一起，压抑得让人喘不过气来。悬念的效果是欣赏的愉快，道德裁判往往带来坠入深渊的绝望感。在电影里，后者借助前者一倍增其力量，成为笼罩一切的旋律。

洛根神父是二战英雄，战后在小镇教堂任职。他倾力帮助一对德国难民凯勒夫妇，让他们在教堂工作，处处待之如亲人。凯勒偷穿洛根的教袍，深夜去律师维莱特家偷东西，结果被发现，失手杀死了律师。他赶回教堂，向洛根忏悔。他知道，按照天主教的规定，神父不可以泄露教民告解的内容。凯勒嫁祸洛根，又利用这一点封上洛根的嘴，使他无从自辩。警方侦查，很快发现了洛根及其前女友露丝与维莱特的关系。洛根与露丝是青梅竹马的情侣，洛根海外参战，两人断了联系，露丝另嫁。战争结束，洛根平安归来，与露丝重逢。他不知道露丝已婚（露丝没有告诉他），两人到岛上游玩，因为暴雨错过了最后一班船，只好在岛上别墅外的凉亭里和衣露宿，结果一早被维莱特发现，维莱特便以此要挟露丝。

有这样的动机，加上凶案发生之夜，有两名小学生看见一个身穿教袍的人从现场出来，警方认定洛根是凶手，将他逮捕，交付审判。关键时候，凯勒又把暗藏的带血教袍拿出来，放回洛根那里，让警察搜出，成为有力的物证。为了让洛根定罪，凯勒还出庭作伪证，说凶案之夜，他看见洛根神情异常。

生死关头，洛根仍然坚守其职业操守，不肯揭露凯勒以证自己的清白。所有人，警察、民众、法官，都坚信洛根有罪。然而出人意料，陪审团以证据不足为由做出了无罪裁决。洛根步出法庭，被愤怒的民众围堵辱骂，难以脱身。这时，凯勒太太再也无法承受内心的愧疚，当众喊出真相，被凯勒开枪打死。凯勒逃走，被围追的警察击毙。

道德和信仰双重胜利的结局，抚慰了观众，也获得了宗教意义的"政治正确性"。但从情节的逻辑发展来看，从影片的本来构思来看，这是一个理想的，自然，也是不现实的结尾。电影原本的结局是，洛根神父被定罪处死了。制片方担心观众难以接受，要求修改，这就大大削弱了作品的深刻性。

在故事设定的情境中，只要洛根坚持其道德理念，他就没有丝毫胜算。谁相信他呢？除了仍然爱他的露丝，没有任何人。聪明而自信的警探拉鲁，就像《悲惨世界》中的沙威警长，把自信和聪明变成了咄咄逼人的刚愎自用；法官因为看似充分的证据认定他有罪，对陪审团的无罪裁决明确表示不满，甚至毫不掩饰对即将释放的洛根的鄙视；那些受他服务的教众，两年来，对他的为人应该有所了解了，却只凭听闻，便认定他是犯下奸淫和杀人罪的奸猾之徒，他们的裁判不需要任何证据。这世界有什么是一个无辜者可以依赖的呢？没有。什么都没有。民众固然有正义感，但他们轻信，盲从，缺乏冷静的判断力，容易被利用。他们的正义感是靠不住的，甚至常常顺理成章地演变为暴力，而作恶者凯勒则把道德的底线拉到了地狱的最底层。

洛根的悲剧最能说明什么是无辜者的无妄之灾，除了被剥夺生命，还被剥夺名誉和尊严。那是什么样的绝望和痛苦？想想舞台和历史舞台上的窦娥和袁崇焕，想想我们现实中的呼格吉勒图和聂树斌。这时候，我们才深切地懂得，放走一百个罪犯，比起不冤枉一个好人，是多么微不足道。

亚里士多德谈到悲剧的主人公之所以遭受不幸，"不是因为本身的罪恶或邪恶，而是因为某种错误"。所谓"错误"，可能是错误的理解和判断，也可能是自身的某种缺陷。洛根的问题出在哪儿呢？作为神职人员，和从前的女友维持着亲密关系，甚至有私情（在原作中），当然是不光彩的，但更根本的原因，是为观众所不理解的宁死不泄露告解秘密的行为。这是电影情节的支柱，连希区柯克都不得不出面为此辩解，他说，对于清教徒、无神论者和不可知论者，洛根的行为无疑"是荒唐的"，对于天主教徒，则理所当然。而我想说的是，在任何一个并不普遍以道德为准则的社会，一个人对道德操守的坚持，正像在一个善良根本没有机会胜利的社会，一个人保持其善良，就是他的缺陷，致命的缺陷。和犯罪作恶一样，做一个好人是要付出代价的，而且往往比十恶不赦的歹徒付出的代价更高，也更普遍。

2017 年 5 月 1 日

## 大白鲨

斯皮尔伯格的《大白鲨》是四十多年前的老电影了，拍摄此片时，他还不到三十岁。和后来的作品比，《大白鲨》比较纯粹，没有煽情的毛病。一个人成名之后，会受到多方面的压力，比如影评和票房。心肠软的导演，不好意思让观众失望，免不了投合他们的趣味。煽情显然不是斯皮尔伯格的艺术追求，但面对千万人的期待，他能怎么办？那就煽呗。慢慢也就习惯了。

有线电视没事就把《大白鲨》拿出来播放，我因此没头没脑地看过好多遍，但没看出什么名堂。后来想，该认真地完整看一遍啊，于是借来影碟。看过，印象果然不同了，很多地方可圈可点。

影片最后四十分钟，老兵昆特，警长布罗迪，鲨鱼专家胡坡，驾船猎杀大白鲨。这场追逐气氛紧张，节奏迅疾，感觉像读梅尔维尔的《莫比·迪克》（又名《白鲸》——编

注）。大白鲨忽而拖着当浮标的黄塑料桶子破浪飞驰，忽而潜匿无声，约翰·威廉斯的配乐立即把观者的心吊到了嗓子眼。忽然之间，波上落日熔金，天边暮云合璧，镜头转入舱内，大约已是夜间，斯皮尔伯格不慌不忙地插入一段饮酒叙谈往事的戏，昆特和胡坡互相展示被鲨鱼咬伤留下的疤痕，布罗迪在一傍静听。到此我们才明白，昆特对捕杀鲨鱼像亚哈船长一样狂热，其来有自。二战期间，他驾机投掷原子弹轰炸广岛，安然返回舰上。军舰不久即被日本潜艇以鱼雷击沉，上千官兵落水，遭到大群鲨鱼的攻击。这场血肉绞杀持续了三天，到他们获救时，一千人只剩下三百一十六人。

昆特每到激动时，就会唱起那首西班牙女郎的歌，以往总被他呵斥的胡坡，和他渐成知交，也跟着唱起来。文武之道，一张一弛，这道理谁都懂，可是斯皮尔伯格运用得好，不仅为电影高潮做好了铺垫，而且加深了人物的刻画。

昆特的表演外向，夸张，富于喜剧性。最后被鲨鱼吞吃，本来极其悲壮，却因强烈的丑角色彩，变得闹剧一般，观众惊叹加唏嘘，也就轻轻放过了。这就是"以乐景写哀，以哀景写乐，一倍增其哀乐"的道理。

经典影片的纪念版光碟，常收有珍贵的附加资料，如访谈之类，我特别喜欢的是那些原本采用、上映前又被删去的镜头。《大白鲨》的被删镜头，有两段值得一提。

昆特出海前，去乐器店买钢琴弦。大概这种弦结实又锋利，非此不足以对付长达三十尺的超级巨鲨。昆特走进店里，一个小男孩正聚精会神地试吹单簧管——也许是双簧管。昆特见了，故意在背后大声哼另一首曲子，初学乍练的小男孩顿时面露窘态。音乐激昂高亢，旋律渐渐出来，原来是贝多芬的《欢乐颂》。昆特越哼越来劲，小男孩受到干扰，开始走调，终于溃不成军。这段小插曲非常精彩，但斯皮尔伯格觉得，对于整部电影，无异骈拇枝指，再精彩也要剪掉。想想看，一般人哪里会舍得？写文章，常有类似的情形。

还有几组镜头，是描写海滨浴场的大众狂欢的。夏季旅游，是阿米提小镇的经济命脉。对于鲨鱼的出现，镇长沃恩不当回事，他只担心游客减少，影响创收，因此拒绝警长关闭海滩的请求。死一两个人，与其政治生涯相比，算不得一回事。他心存侥幸，希望鲨鱼吃人的事件属于偶然，又极力让自己相信，外来客捕到的小鲨鱼就是罪魁祸首。至于民众，也好不到哪里去。他们只求恣意狂欢，对眼前的危险视而不见，对死者家人的痛苦漠然无感，更不相信警长的"盛世危言"。大白鲨驰奔于水下，他们看不见。

看不见,当然就是不存在。等到又一次攻击事件在光天化日之下发生,他们惊魂失魄,四散奔逃。在三十年后执导的《世界之战》中,斯皮尔伯格对于在灾难面前完全失序,演变为暴民的群众,有过更细致的刻画。删掉的镜头里,就有一段游客乘小船追逐打斗的情景,表现了一种赤裸裸的寻欢作乐的疯狂。斯皮尔伯格也许觉得这组镜头太尖刻,故也全部舍弃,实在可惜。

其实从电影一开始,斯皮尔伯格就显示出他在处理"怪兽"题材上的与众不同。一群年轻人夜晚在海边聚会,燃起篝火,喝酒唱歌,尽情玩闹。其中一女孩独自下海游泳,爱她的小伙子追到水边,却没下水,躺在沙滩上出神。女孩突被鲨鱼攻击,尖叫呼救,男孩一动不动,竟然没有听见。天亮了,女孩的残躯被冲上沙滩,警长带他去辨认,他表情冷漠,很不情愿,仿佛这女孩和他无关。

一部惊险片,如果只是猎捕鲨鱼,自然没问题,那就是一部娱乐片而已。《大白鲨》拍出了世情和人性,这才经得起重温。

2018 年 7 月 12 日

# 人和复制人

雷德利·斯科特三十多年前的科幻经典《银翼杀手》，去年拍了续集。主题一如既往，还是探讨复制人的人性问题。虽然技术细节焕然一新，场景和音乐尤其为人称道，但探讨的深度并没有提高。基本上，《银翼杀手2049》是个标准的后续故事，把前集留下的空白和悬念加以填补和延伸，制造出更多悬念，为可能的第三集埋好了伏笔。

复制人不是克隆人，是一种更高级的机器人。之所以不叫机器人，是因为除了情感，他们在外形方面已与人类没有区别。但在《银翼杀手》中，复制人凭着绝高的智力，自我发展出全套的情感反应系统，学会了爱和恨，愤怒和悲伤，同情和嫉妒，并形成不同的性格。这种演进的机制，影片里没有详说，制造复制人的特里尔公司提了一句：记忆为情感提供了基础。因此，特里尔公司一项独到的设计，就是为每一个复制人植入取自人类身上的真实记忆。在《银翼杀手2049》中，记忆设计师成为智能机器人制造业最重要的技术专家。其中隐含的意思是，记忆设计将决定复制人的人格。

人的性格的养成，一部分来自遗传，一部分来自教育和生活经验。复制人没有遗传，生活经验就成了个性培养的唯一要素。弗洛伊德强调童年经验的重要性，因为童年正是性格的形成期。一张白纸，涂上的痕迹很难消除。特里尔公司最新的试验品雷切尔，一个孤傲的美女，坚信自己是真的人，根据就在她栩栩如生的童年记忆。后来我们知道，那段记忆是从公司老板的侄女那里移植来的。

人和复制人的本质区别何在？当然不是思维。在逻辑思维上，电脑比我们强大百倍。按照《银翼杀手》的说法，是情感。情感是一切的基础和开端。有了情感，就有了是非善恶的道德观念，有了自我存在的意识，更进一步，有了哲学性的思考。

《银翼杀手》中的四个复制人，莱昂头脑简单，性格冲动，佐拉是个耍蛇艺人，聪明果敢，普丽丝天真而又富于叛逆性，为首的罗伊·巴蒂则桀骜不驯，机智过人，是天然的领袖人物。随着故事的发展，在复制人身上体现了比一般人更丰富、更深刻的性格，仿佛他们还是一个孩子，在短短的时间里迅速成长——事实上，他们也是：预设的生命只有四年。事实上,他们一降生,心理上就是一个成年人,身体也是。他们的成长,是建立人类制造者没有也不想赋予他们的东西:自我认同,独立意识,对主导个人生活和生命权利的要求。一句话,他们要做人。有了做人的意识,却没有被当作人,在这种情况下,反抗是必然的。人类几千年来有文字记载的历史,就是不断反抗、争取天赋权利的历史。反抗命运既总括了世上所有的压迫和不公正,更超越其上,寄托了更远大的追求。

人类制造复制人,本出于自私自利的目的,人可不想为自己制造更多的同类,来分享这个世界。当初贩卖黑奴的人,也只是想把黑奴当作役使的工具,如果知道有废奴的那一天,也许就不会起那个贪念了吧?美国的南北战争,以百万人死伤的代价,才把奴隶制送进历史。复制人的解放,可想而知,同样避免不了一场血腥。

和复制人相比,影片的主角,忠心耿耿的警察迪卡德,在对复制人毫不松懈的追杀过程中,越来越丧失人性,也越来越丧失个性。尽管他并没有意识到这一点,或者说,尽管他并不想这样。他和《悲惨世界》中的沙威警长一样,是体制的奴隶,没有思想,情感冷漠,是机器上一个闪亮却冰冷的部件。就此而言,作为一个异化了的人,迪卡德连复制人都不如。

《银翼杀手》结尾的"雨中独白",被誉为电影史上最动人的临终之言。巴蒂寻求延长生命而不得,又一心想为所爱的普丽丝报仇,与迪卡德在雨中大战,却因为生命将尽,顿生怜悯之心,救下迪卡德后,坦然而悲壮地迎接死亡:

　　"我所见过的事物,你们人类绝对难以置信。我曾目睹成群的星舰在猎户座的远端熊熊燃烧。看着它们的钢骨在唐豪瑟之门近旁的黑暗中发出光芒。所有这些瞬间,都将湮灭在时间里,就像眼泪消失在雨中。死亡的时刻到了!(Time to die!)"

　　这段台词,逐字迸发,如珠落玉盘,清脆又惆怅。尾音绕梁,响彻雨声。吐出那个"死"字,巴蒂松开手,在黑暗背景的明亮雨丝中坠下高楼。被释放的鸽子腾空而起,迪卡德满脸迷惘。

　　据说在拍片现场,扮演巴蒂的鲁格·霍尔念完这段台词,工作人员爆发出热烈的掌声,有人感动得流下了眼泪。霍尔念到末句,三个单词,一顿一挫,仿佛京剧里的"喷口",落地有声。我是在看完影片后,才去搜寻相关材料的,因为印象太深。

　　"唐豪瑟之门"一语意义不明,有人猜测来自瓦格纳的歌剧《唐豪瑟》。那是一个关于宗教救赎的传奇故事。在剧中,纯洁的伊丽莎白以自己的死,拯救了骑士唐豪瑟。在电影里，这句台词也许暗示，巴蒂以其非凡的宽怀从异化的深渊里挽救了迪卡德。

雨中独白表现了复制人身上的人性和凡人不能有的特异能力的统一。这种双重性好比某些宗教中对神的定义，是人类难以具有的——神可以具有人性，人不可能具有神性，只能无限接近神性。更具讽刺意味的是，很多人连基本的人性都不具备。

我和一个写小说的朋友讨论其新作。一对结婚三十年的夫妻，关系很好，丈夫研究人工智能，常年在国外工作。有一天，丈夫久别归来，妻子发现他变了，变得更勤快，更体贴，更有情趣了。夫妻度过一段前所未有的幸福日子。过些天，真的丈夫回来，说他以自己为样本制造的复制人跑掉了，妻子这才恍然大悟，之前的好丈夫根本不是人。随后，两个男人在她面前展开争辩，一个说，你不过是我的摹本，另一个说，我拥有你的全部品德和才能，却比你更完美。妻子受不了太强烈的刺激，昏厥过去。短暂的时间后睁开眼睛，眼前的男人只剩下一个，但是，他是哪一个呢？小说留下了开放式的结尾。

和《银翼杀手》的情境不同，在这篇小说里，假如需要妻子来做选择，基于道德和情感，她的决定毫无悬念。唯一的遗憾在于，复制人明明是一个更理想的丈夫，拥有丈夫的优点,又克服了他的缺陷。那么,在年复一年的日常生活中,在与丈夫无法避免地发生不快时,妻子也许会怀念与复制人在一起的美好时光吧?

放在《银翼杀手》的广大背景里,我们会想,一个拥有人的情感世界,拥有自我意识的复制人,也就是说,一个具有人性的复制人,算不算有了"生命"?这个生命是不是应当同样得到尊重?我觉得,被造之物如此,不管出自谁手,都应该把他当人来看待。生命诚然是神圣的,但也不必过分美化。人类的开端,不就是那些在原始海洋的浓汤中伸缩蠕动的小虫子吗?比起不锈钢或塑料的机器人又能高贵到哪里?人即使出自神造,不管是在女娲那里,还是在耶和华那里,材料不过是一团泥土。假如我们对照所有标准,都不能区分一个自然人和复制人,那么,这个复制人就是人。斯皮尔伯格的《人工智能》,描写一个机器男孩被领养他的人类母亲抛弃,终生梦想回到母亲身边,之所以打动人心,关键就在这里。

《银翼杀手》留下了两个谜,足以颠覆观众对故事的理解。雷切尔和迪卡德相爱,她真的是复制人?再看迪卡德,那么冷酷地对复制人穷追不舍,杀尽而甘心,他是人还是复制人?《银翼杀手2049》从巴蒂那里再前进一步:新一代警察K自己就是个复制人,他受命侦查,一步步发现真相,最后不惜自我牺牲(受伤,也许没死)救出迪卡德,让他们父女团聚。假如自我牺牲还算不上人性,什么才是人性?

2018 年 2 月 5 日

## 失败者卡夫卡

阅读卡夫卡从来不是愉快的过程,但这还不是最主要的,最主要的是,你可能永远不知道他到底要说什么。隐喻,象征,暗示,梦呓,这在卡夫卡作品里是不言而喻的。他所有的作品都是隐喻。书信和日记有一些相对明晰的自白,然而我们读到的只有结果和结论,事情的起因则无从猜知。卡夫卡常在深夜写作,万籁俱寂,一灯荧荧,在与万物隔绝的状态中,他很轻易地摆脱了现实,进入大半由焦虑和恐惧构成的世界,这个世界充满了臆想和极度夸张的自我诠释,是一个超逻辑、超因果的存在。一切幻想作品都有预设,读者认可这些预设,才能进入故事。即使是最荒诞不经的故事,只要情节始终遵循预设的规则,那么,它就是严谨的,令人信服的。相反,一个故事即使所有细节都平淡无奇,源于日常生活,假如没有规则,我们仍然可以说,它是虚伪和经不起推敲的。正像亚里士多德所说的,不可能发生但却可信的事，比可能发生但却不可信的事更为可取。文学世界在规则性这一点上，与游戏相似。游戏最重要的是规则，没有规则，就没法玩下去。以《三国演义》为背景，半真半假也好，以《西游记》为背景，完全的神话兼童话也好，以阿西莫夫的《基地》系列为背景，纯粹的科幻故事也好，这都没问题，重要的是人物设定和行为规则。游戏的现实性，或者说，它虚拟的现实性，不是体现在故事情节上，而是体现在规则上。规则使一件事成立，获得合理性。

卡夫卡不然，他不需要这些，或者说，他根本不注意这些。

著名的《变形记》以这样简单的叙述开头：

"一天早晨，格里高利·萨姆沙从不安的睡梦中醒来，发现自己躺在床上变成了一只巨大的甲虫。"

很多作家对此感到惊讶，比如马尔克斯在访谈中就多次提到，这篇小说决定了他写作的道路，读完之后，他感叹说：原来小说还可以这样写。马尔克斯惊讶的，不是一个人变成了甲虫这件事的荒诞离奇，在西方文学传统里，变形就像吃饭睡觉一样平常。在奥维德的《变形记》里，人由于悲伤、恐怖或被强迫、被摧残，变成各种动物和植物，甚至无生命的石头。格里高利变成甲虫，不比变成风信子或夜莺更具美学上的惊异感。当然卡夫卡和大部分古希腊罗马直至中世纪的故事讲述者的区别在于，甲虫是人异化后成为的事物中最没有诗意的一种，是肮脏、低下和丑陋的象征。当牛做马固然悲惨，牛马在人看来还有起码的美感。唐人小说中的薛伟变成了待宰杀的鱼，亲身体验了鱼被杀戮和烹制的整个痛苦过程，以至于他醒来后终生不再吃鱼。然而就是鱼，连声音都不能发出的可怜动物，也比甲虫体面得多。格里高利变成甲虫，尊严丧尽，价值归零，从一个卑微的失败者堕落到不齿于人世，就连亲人也不能掩饰对他的厌恶，而以他的死为解脱。卡夫卡把一个人的沦落写到了极致，死亡与之相比都堪称慈悲。尽管如此，马尔克斯惊讶的不在这里，而是卡夫卡叙述这个故事的方式：像老祖母诉说家常，像朋友讲述工作或生活中的一段经历，平平淡淡，甚至带着司空见惯的漠然和厌倦，仿佛这样的事多到不胜枚举，平凡到不值一提。因此，它是理所当然的。

格里高利变成甲虫，事先没有铺叙，没有说明原因。他就是变了。为了强调变的过程的简单，也为了给格里高利一点慈悲，变是在梦中不知不觉完成的，避免了四肢撕裂和被压缩的痛苦，以及心理上的折磨，他只是朦胧地感觉到一点"不安"，然而就连这不安还是不确定的。

但格里高利的堕落自有深远的根源。《变形记》读完，你可以得出结论。在卡夫卡的字里行间，不难找到根据。事实上，评论家已经列出所有可能性，比如工作压力大，长期心情抑郁，等等，包括带着有色眼镜看出来的。然而卡夫卡的意思是，格里高利既然变成了甲虫，他就一定会变成甲虫，就像他叫格里高利一样。成为甲虫，和成为旅行推销员没有两样，也许是因为爱好，也许是谋生的需要，还有可能，只是偶然，他正好做了旅行推销员，而没有做医生或邮差。那么，变成甲虫，只是正好变成了甲虫，他也可能变成一只老鼠、一条蚰蜒或一条蛇。

事情很清楚，在卡夫卡这里，现实是那种你身在其中不由自主的东西。你能决定的事情很少，能决定的，往往是在无关大局的细节上。你不可能从根本上改变一件事。在大部分作家，尤其是悲剧性的作家那里，你看到追求的失败，看到无穷无尽的丧失：事业，理想，功名，官位，财富，觉悟，超凡入圣，强烈的渴望，艰辛的努力，然而天命难违，到头来全是竹篮打水一场空。卡夫卡以宗教上的罪人自居，态度可以说是极度谦恭的，他不寻求获得，也不寻求不失不忘，他的梦想是摆脱，摆脱一切社会关系和社会价值所加给他的，那些造成了他的恐惧和焦虑，使他莫名所以的东西。西方的旧俗，采用在身上涂沥青、沾上羽毛的方式惩罚巫婆。卡夫卡就是那个身上涂满了沥青的人,徒劳地想用被绑缚的手去自我洗刷。

在《老单身汉布卢姆菲尔德》中,主人公被一对蹦跳不停的球纠缠。球跟随着他,无论日夜,不即不离。布卢姆菲尔德试图追赶它们,抓住它们,把它们引诱到壁橱里,踩扁它们,剁碎它们,它们总有办法灵活地躲开,然后继续骚扰他。在《塞壬的沉默》里,以聪明著称的奥德修斯,为了防止被海妖的歌声引诱,命令水手将他绑在桅杆上,用蜡封住耳朵。奥德修斯胜利了吗?没有。卡夫卡说,海妖们有比歌唱更厉害的武器,那就是她们的沉默。躲开塞壬歌唱的人,未必躲得开她们的沉默。猎人格拉胡斯死后躺在一叶小舟上顺水漂流,没有方向,永无止境:"我的死亡之舟走错了航向,我不知道是怎么回事,只知道一点,那就是我留在了人间,我这个只愿意生活在深山里的人从此便航行在尘世的河流上。"

阎连科也谈过他对《变形记》开头的感受:"我读《变形记》还算比较早,在八十年代初就读到了它,那时候读《变形记》唯一感受就是困惑,就是卡夫卡不能给我一个故事合理的说服力,凭什么你卡夫卡一下子就让格里高尔(利)变成虫子了?你让我如何相信啊。"多年后重读,有了新的理解,他说:"现实中间,故事中、人物中,一切逻辑关系中，有一个'全因果'的存在，是完全对等的因果关系。但是这个因果链在卡夫卡作品里没有。因为这些，你会发现卡夫卡的伟大，他不只是提供了异化人的认识，还对某些作家写作提供了新的思维。恰恰是因为卡夫卡'零因果'的存在，后来拉美小说和美国文学中出现了荒诞即'半因果'，半因果恰是在'零因果'的基础上，意识到了'零因果'和现实的某种关系，重新让现实或多或少的回到写作中间去。"

亚里士多德在《诗学》中曾给"开头"提出一个言简意赅的定义，他说，所谓"开头"，是指"事物不必然上承他事，但自然引起他事发生者"。不必上承他事，意思是它本身即是因果，就像所谓数学里的公理，无须证明。对《变形记》的开头，正可如此理解。格里高利变成甲虫，是一个确定的事实，由此引出了其后四十页纸里发生的故事。卡夫卡对现实的看法就是如此：悖谬即使不能说是世界和人生的本质，也是世界和人生的主要特征。

生活在特定的时代才能更好地理解卡夫卡奇怪的人生观和世界观，因为这样的人生观和世界观正是特定时代的产物。卡夫卡的绝望在下面两段话里得到了生动的描述：

"藏身之处难以数计，使人获救的却只有一处，而获救的可能性又像藏身之处一样多。目标虽有一个，道路却无一条。我们称之为路的东西，不过是彷徨而已。"在《小寓言》里，一只老鼠感叹："这世界一天天变得更加狭小了。起先，它广阔无垠，简直使我害怕，我不断地往前跑，终于在远方看到左右两堵墙，我为此有说不出的高兴。可是，这两堵长长的墙却迅速地合拢来，以致我只好待在最后的那间小屋里，那儿靠墙角的地方还设有一只捕鼠机，我正好跑了进去。"猫满怀同情地启发老鼠说："你只需改变跑的方向。"（洪天富译）说完，一口把老鼠吞下。

老鼠死后，它的"悖谬感"也就消失了，活着的老鼠仍然在惶惑地奔跑，被逼进角落，被吃掉，不知道改变方向，更不知道改变方向是否可能。也许是可能的。但机会到来时，总是晚了一步。

曾经很不喜欢卡夫卡过分沉溺于感伤的病态，《城堡》《地洞》和《饥饿艺术家》中整页整页不分段的叙述，给人喘不过气来的感觉。我现在仍然谈不上喜欢他，阅读他已成为一种惯性，就像因酷爱博尔赫斯而阅读博尔赫斯也成了惯性一样。这很可能是因为，时间使我们在远远超过卡夫卡的年龄，缓慢而又坚定地逼近了他笔下那个曾经那么不可思议的世界。这个世界简单，简单到没有一丝艺术特质，简单到单调乏味，像清水煮熟的白菜，没有油也没有盐，把绿叶煮成了闷黄色。这个世界简单到让人觉得轻飘飘的，不值得言说。很久以来你觉察到的厌倦和厌恶,像影子在身后,时时刻刻坠系着你,回头却什么也看不见。你知道影子在跟随,但它是什么,你不知道。这种无以名状的东西,也许就是鲁迅所说的"无物之阵"。然而"无物之阵"明明确确是恶的,影子却很难以善恶区别之,因此无从反抗和逃避。卡夫卡没有装腔作势,他确实过于敏感,但我们不能以此否认他的结论。和卡夫卡不同的是,我们至少没有丧失希望,还可以像鲁迅一样反抗绝望,以战士的姿态面对苍蝇。我们有生之年,还可以走很远的路。本雅明说,卡夫卡的纯粹性和美来自一种失败。就卡夫卡而言,在一个秩序、逻辑、合理性、可理解性和价值观都逆转错乱的世界,一个人的失败就是他唯一能够获得的光荣。

2018 年 4 月 25 日

# 午夜之歌

提前订了以色列爱乐乐团来纽约演出的票，不料时间到，却要出行。十一月的卡耐基音乐会，曲目是马勒的第三交响曲，祖宾·梅达指挥。在马勒的交响曲中，对这首据说"颇有中国田园诗"风味的第三还是很期待的。虽然曲子原来的题目是《夏日清晨的梦》，在我听来却秋意盎然，当然了，不是"秋风萧瑟，洪波涌起"的那种秋意，是"秋风吹渭水，落叶满长安"的秋意。马勒多思，事情到他那里一定不会单纯轻快。

第三交响曲的末乐章，细听比他第五交响曲著名的小柔板更感人，或许也更深刻。这是我特别喜爱的一个乐章，只要听，常常连听两遍。第四乐章是女高音独唱，歌词采用尼采《苏鲁支语录》中的"午夜之歌"："深邃的世界啊，比白昼的思虑更深邃。深沉是世界的痛苦，欢乐比悲痛更幽深，一切欢乐都期望着深不可测的永恒。"大约是这样的意思。

听着影碟上克丽丝塔·路德维希的演唱，很自然地想到了鲁迅，因为只有鲁迅，最和此时的情境合拍，而且不折不扣地，是尼采式的深沉：孤傲、犀利、决不妥协，而又心存大爱。鲁迅早年受尼采影响至深，《野草》中的很多意象、用词、观念、思想，都来自《苏鲁支语录》，比如《墓碣文》和《过客》诸篇。后来的杂文里，尼采的痕迹仍然比比皆是，这里且举一例：

他在《一点比喻》里描写过"走在一群胡羊的前面，脖子上还挂着一个小铃铎"的山羊，作为"智识阶级"的代表。在其带领下，"胡羊们便成了一长串，挨挨挤挤，浩浩荡荡，凝着柔顺有余的眼色，跟定他匆匆地竞奔它们的前程"。"脖子上挂着小铃铎的聪明人是总要交到红运的，虽然现在表面上还不免有些小挫折。"

羊的形象便出自《苏鲁支语录》：

"当我睡熟后，来了一只羊，啮着我头上的冬青树之花环——啮着，而且还说：'苏鲁支已不是学者了。'说过这话，便磅礴高傲地走开了。""我于小孩们也还算学者，于野苏与红罂粟花，也同然。他们天真，便是为恶也天真的。但于山羊我则不然了，我的命运原要这样——也祝福其如此！"

山羊在尼采那里，还是鲁迅笔下经常出现的好热闹的麻木"看客"：

"他们冷静地坐在阴凉底荫蔽下：凡事他们只欲为旁观者，且留意自己不坐在太阳晒到的阶台上。如同站在街上的人，好奇地呆看过客：他们也那么等待着，好奇地瞧着旁人想出的思想。"这种伪善者，也是鲁迅厌恶的。

尼采又说："我诚然是一座树林，黑暗底树的遥夜，然有谁不羞于我之黑暗的，他在我的桧柏下也寻得玫瑰花树。"对于形容绝望时期的鲁迅，也很恰切。所谓人心之黑暗，有两种不同的意思。一种黑暗，是孔子所说人心险于山川的那种黑暗，内心的邪恶。邪恶并不都以邪恶的面目出现，它有时是微笑着的，貌似淳朴和无辜的，自以为在道德的制高点上的，甚至是如同委屈和忍让的。尼采和鲁迅都认为，一个战士最大的悲哀，不是死于敌人明晃晃的刀剑，而是死于亲朋或战友之手，死于不知名的事物。因为面对不知名之物，无从抗击，无从躲避，无从逃离。鲁迅为此发明的一个词，是"无物之阵"：

"他走进无物之阵，所遇见的都对他一式点头。他知道这点头就是敌人的武器，是杀人不见血的武器，许多战士都在此灭亡，正如炮弹一般，使猛士无所用其力。那些头上有各种旗帜，绣出各样好名称：慈善家，学者，文士，长者，青年，雅人，君子……。头下有各样外套，绣出各式好花样：学问，道德，国粹，民意，逻辑，公义，东方文明……"

鲁迅笔下的战士一次次"举起了投枪",但到后来,还是难免"终于在无物之阵中老衰,寿终。他终于不是战士,但无物之物则是胜者"。

摆脱了尘世一切局限和天生弱点的超人,在神学的范畴都不可能存在,在现实中,甚至难以成为一种精神状态。在最好的情况下,它最多不过是某一时期、某一瞬间的态度。如此而已。

里尔克从反面说出尼采的意思:"哪里有什么胜利可言?坚持就是一切。"

尼采相信结果吗?反正鲁迅是不相信的。但一个不腆颜媚世的人可以自豪地说:"我以我的思想超越他们的头脑而行,而且即算我践上自己的缺陷,也仍然超过了他们,和他们的头脑。"

徐梵澄先生译的《苏鲁支语录》,读过三遍。他的译本虽然不无古奥艰涩之处,文字还是好,好到能够透过文字,看见尼采的血肉。徐先生当年与鲁迅亲近,他译尼采,受到鲁迅的鼓励。鲁迅的文章得魏晋之风气,徐梵澄写旧诗,也有意走魏晋的路子。马勒心仪歌德,对尼采心有戚戚。这些,都不是巧合。

2017 年 10 月 12 日改定

# 坛子轶事

华莱士·史蒂文斯有一首著名的诗,《坛子轶事》:

> 我把一只坛子放在田纳西 / 它是圆的,置于山巅 / 它使杂乱的荒野 / 围绕着山冈 // 荒野向坛子涌去 / 不再狂野,向四周蔓延 / 坛子圆圆地立于土丘之上 / 高耸,如空中的舱弦 // 它统领四方 / 灰色的坛子,不带装饰 / 它不能引来鸟或长出灌木丛 / 不像田纳西的任何其他东西

史蒂文斯是我挺喜欢的美国诗人,但这首诗我不喜欢,就像我有时候很不喜欢惠特曼的专横一样。即使是很好的理念,也不可强加于人。你平心静气地讲出来,别人信不信,接受不接受,由他们。惠特曼太像一个正义的吹鼓手了。不管世上有没有正义这件事,也不管正义这件事有多伟大,

吹鼓手总归不好。《坛子轶事》的意思是，由于一只置于山巅的坛子，荒野有了一个趋向（朝拜）的中心，从此不再荒蛮，不再混乱了。一句话，荒野由于这中心而获得了秩序。

坛子象征什么，可以有无数种解释。但不管它象征什么，它是一种威权，而且由于这威权，荒野失去了独立，无复自在，变成了一个依从物，一个附属物，有了一个统治者。获得的秩序不是为它自己，而是为了坛子的尊崇。

这首诗其实挺"暴力"的，因为它充满了强制意味。史蒂文斯说，灰色的坛子，没有装饰，不能引来鸟，不能长出树丛，不像任何其他东西：河流，鲜花，星空，微风，鱼虫，等等一切，但它高于一切，统领四方。史蒂文斯喜欢这样有尊有卑，君君臣臣的秩序。我的看法和他不一样。我不需要一只灰色或任何其他颜色的圆形或非圆形的坛子，我更爱那些与坛子不相像也不可能被代替的具体事物：一棵树胜过一个理念，一只鸟胜过罗马皇帝的雄辩。

坛子也许是一个绝对理念，但即使按照柏拉图的说法，理念涵盖一切，高于一切，它终究不能代替那些低级的具体事物中的任何一个。就连柏拉图自己，也不可能作为一个理念而活着，他只能做人的理念的低级摹本。

人的个性趋向散漫，繁多，也因此丰富多彩。乌托邦主义者一厢情愿地想象一个完美的世界，每个人都是圣者，实际上，这样的世界即使不是极端恐怖的，也是极端枯燥的。它是同一的，因此，其中必有强制，甚至是完全建立在强制基础上的。同一，则不能容忍任何不同，任何变化，必得从根基上扼杀一切情感和欲望，因为理性同一，而情感和欲望是无穷尽的。

西方小说的"反乌托邦"三大杰作，至今魅影犹在。好莱坞不以深刻为目标，但这些年来，它的绝大部分关于未来世界的影片，都是奥威尔和赫胥黎精神的继续，都是反乌托邦的，也就是说，它表现的，是一个反面的乌托邦：利用不断进步的科技，实施更有力，从而达到绝对的思想控制；通过绝对的思想控制，制造一个完美而同一的世界。就此而言，我得感谢好莱坞对于大众的警告，否则，很可能有一天，我们就像《黑客帝国》描写的一样，生活在一个虚拟的"幸福世界"而不自知，我们成了坛子的豢养之物。（当然，好莱坞也有非常恶毒的制作，如赤裸裸地鼓吹军国主义和纳粹式思想统一的《星舰战士》。）

社会的根本是制度，制度的要义是规范个人，泯灭个性，使其成为社会这个大机器上的一个部件，一颗"螺丝钉"。不仅大的制度如此，一切规范、伦理、教条，无不在不同程度上如此。一个人不可能离开社会，因此，为规范而"牺牲"是不可避免的。这是生存的代价。一个不甘于为物的人，所能做的，也就是在这制度之外，在人世的所有秩序之外，保留独立思想，保留纯属个人的爱好，在社会生活之外，保留个人的精神生活，借以拒绝异化，恢复自我。

社会的追求很大程度代表了人的集体追求，但未必全部如此。个人追求不必和社会追求同一，不必是社会追求的一部分。阮籍说："明夫天之道者不欲，审乎人之德者不忧。是以圣人独立无闷。"独立，不必圣人，人人可为，只要他愿意。

2016年2月16日

# 项链

　　《红楼梦》里说，假作真来真亦假。以假为真，真亦不真。反之，以真为假，假也就是真了。物有真假，事有是非，涉及的人，难免混淆真伪。有人明白，但说不出，因为有种种忌讳，或者知道不能取信于人，就懒得费口舌。有人自以为明白，暗自沾沾自喜去了，一辈子为之得意。有人糊涂，有人装糊涂。装糊涂不一定能明哲保身，糊涂到纯粹无瑕的人，也许歪打正着，一跤跌进历代的大圣大贤梦寐以求而不能企及的境界。万类万象，真是一言难尽。

　　与其前辈——《包法利夫人》中的爱玛·包法利一样，十九世纪巴黎的普通家庭妇女玛蒂尔德·罗瓦赛尔，也是一个"爱虚荣"的女人，满脑子不切实际的幻想，与丈夫对坐吃饭的时候，"会想到四壁蒙着东方绸、青铜高脚灯照着、静悄悄的接待室；想到接待室里穿短裤长袜的高大男仆如何被暖气管闷人的热度催起了睡意，在宽大的靠背椅里昏然睡去。她会想到四壁蒙着古老丝绸的大客厅,陈设着珍贵古玩的精致家具和精致小巧、香气扑鼻的内客厅,那是专为午后五点钟跟最亲密的男友娓娓清谈的地方"。因为虚荣,她向好友福雷斯蒂埃太太借了一条项链,参加教育部长夫妇举办的盛大舞会,仗着年轻貌美,大出风头。然而乐极生悲,舞会之后,发现项链丢了。为了赔偿,玛蒂尔德做苦工,省吃俭用,付出青春的代价,整整十年,才把债务还清。与此同时,也从朋友口中得知,那条看上去华丽无比的钻石项链其实是假的,顶多值几百法郎。

不用说,这是莫泊桑小说《项链》的故事。

玛蒂尔德得知真相,一定会苦笑不已吧。饱经沧桑,她不会再轻易掉眼泪。福雷斯蒂埃太太呢,假如善心未泯,会不会补偿一下她"可怜的玛蒂尔德"?要知道,罗瓦赛尔夫妇为那条项链可是花了三万六千法郎啊。

多年后我还不时想起这个故事,觉得颇有卡夫卡的味道。一个被冤屈而坐了几十年牢的人,迟暮之年获证清白,远亲近邻咸来祝贺,他心中固然欢喜,可那欢喜能够像橄榄一般经得起回味和推敲吗?"谁谓荼苦,其甘如荠。"说得出此话的人,是令人艳羡的,一般人难得修炼到这个层次,不是因为天资,而是因为际遇。再后来,觉得世上事也无非如此,项链的真真假假,都是常情常理,有何荒诞可言?人生还有真假呢。很多人的一生,不是连一场梦都不如吗?凡事有因果,任何追求,包括完全可以理解的爱玛和玛蒂尔德的追求,都有代价。比起包法利夫人的仰药而死,玛蒂尔德算是幸运的。

包法利夫人的浪漫过了头,借用道德君子的话,她是不折不扣地滑到很深很深的泥坑里去了。因此,她受了那么多的折磨,连死都不能痛痛快快——"不料她却吐起血来。嘴唇咬得更紧,四肢抽搐,身上起了褐色斑点,脉搏一按就滑掉了,好像一根绷紧了的线,或是快要绷断的琴弦"。玛蒂尔德呢,刚在爱玛走过的路上起步,就被一条项链拽回来。项链对于她,是塞翁失马的那匹马,失,未必是坏事,得,未必是好事。她所迷不深,十年艰辛后的领悟,得到一个朴素的道理,就是老老实实做凡人,而不是爱玛痛苦的"万念皆空"。

莫泊桑还有一个短篇《珠宝》,也与项链有关。《珠宝》写了一位与罗瓦赛尔太太境遇相似的朗丹太太,同样的天生丽质,同样的生不逢时,同样的志向远大,同样也嫁了一位不能满足其梦想的小职员。幸好有机会,培养出两个高雅的爱好,一是看戏,一是收集"假珠宝"。后者因前者而发生,因为剧院是公众场合,催生了对服装和首饰的要求。看过《追忆逝水年华》中盖尔芒特公爵夫人和盖尔芒特王妃看戏的章节，你就懂得，在这种冠盖云集的豪华斗场，一位有起码的自尊心，为维护夫家和娘家的双重光荣而不惜一战的女士，是决不肯因装扮上的微小瑕疵而败于同样野心勃勃的对手的。朗丹太太并不因家境的贫寒而降低对自己的要求，在丈夫对她的"假珠宝"热情略示不满的时候，她很委屈地解释："一个人在没有方法为自己购买真的珠宝的时候，只能靠自己的美貌和媚态来做装饰了——我当然更爱真的珠宝！"

俗话说，红颜薄命，红颜而又心高的人更容易薄命。一次看戏归来，朗丹太太感染风寒，不幸香消玉殒。朗丹先生伤心之余，家事无人料理，生活难以为继，困窘之下，只好变卖妻子那些他一向厌恶的假珠宝。为了做成生意，他反复挑拣，最后选中妻子特别喜爱的一条大项链，那项链尽管当然是假的，做工却非常精致。他估计，怎么着也值六七个法郎吧。等他把项链拿到店里，店员的回答却大出其外。店员说，项链正是他们卖出的，当年的售价是两万五千金法郎。这么贵重的项链，不是一般人能买得起的。如果朗丹先生能说明来路，他们愿用一万八千金法郎收回。

朗丹先生闻言，顿时目瞪口呆。好不容易回过神，报上姓名和住址。店员查过账簿后说，项链正是送到这个地址的，还详细说了购买的日期。

回家路上，朗丹先生再也抑制不住激动，晕倒在地。

小说结尾，想明白了的朗丹先生将妻子的"假"珠宝全部卖出，得到二十万金法郎，然后毅然辞职。他克服了当初的羞怯，开始以富有自炫。二十万法郎在他嘴里，逐步提高到三十万，四十万。"半年之后，他续娶了。他的第二个妻子是个很正派的人，但是脾气不好，使他很痛苦。"

《珠宝》回答了我年轻时一直想问的问题：假如玛蒂尔德·罗瓦赛尔的故事反过来会怎样？朗丹太太的堕落——假如非得称之为堕落的话——不是逻辑的必然，只是一个可能。爱玛·包法利呢，怎样才能维护和保证她的幸福？让呆木头似的老好人丈夫查利变得善解风情，还是莱昂或罗多尔夫不再是玩弄或欺骗她，而是真心爱她？至于玛蒂尔德，如果一开始就知道项链是假的，项链事件就只是一个小插曲。部长的舞会之后，还会有别的舞会，天生丽质难自弃，她也许会遇上一位欣赏她的人，送她昂贵的珠宝……她会变成一位更幸运的朗丹太太，也许不会……也许什么都不会发生。谁知道呢？

年轻时候，我觉得因果之间有逻辑的必然，至少是或然。现在我知道，因果之间，还是偶然。一件事，只因它发生了，我们才会为它找出那么多的理由。如果它没发生，或者事情完全相反，我们照样能找出一堆理由。那么，所谓善恶有报,所谓种瓜得瓜,所谓正义和公理的实现,究竟从何谈起呢?西方有作家感叹说,只有小人是潇洒的,因为可以为所欲为。又有人说,做好人,是把自己往火坑里推。虽系谬论,却也事出有因。

分不清珠宝真假的糊涂丈夫,在毛姆的短篇《万事通先生》中也有一位。凯兰达是一位爱好交际、又喜欢争论的人,在远渡太平洋的客轮上遇到在美国驻日领馆工作的拉姆齐。拉姆齐远赴异国任职,留下漂亮的太太独自在纽约留守一年,这次才随丈夫同去日本。饭桌上偶然谈起珍珠,凯兰达正好是一位珍珠专家,就以拉姆齐太太为例,说她佩戴的珍珠项链非常贵重,至少值一万三千美元——二十世纪三十年代的一万三千美元!拉姆齐嘲笑凯兰达看走了眼,说他太太在纽约买这条项链只花了十八美元,为此他敢和凯兰达打赌一百元。凯兰达据理力争,但看到拉姆齐太太紧张得快要晕过去,便突然住口认输。自然,他当即成为满桌人的笑柄。次日一早,一封信从门外塞进凯兰达的舱房,里面是一张百元钞票。和凯兰达同住一舱的作者问他:"那珍珠到底是真的还是假的?"凯兰达没作正面回答,说:"如果我有一个漂亮的妻子,我绝不会让她一个人在纽约待一年。"

《淮南子》讲塞翁失马的故事,一波三折:术士失马,本是坏事，结果几个月后，马不仅自己跑回来，还带回几匹胡人的好马；家有好马，儿子喜欢骑，结果摔断了腿；不久战事发生，儿子因伤残躲过征兵，免于横尸沙场。好事坏事，环环相套，结果谁也料不到。毛姆另有一个短篇，同样轻轻松松，写出造化弄人的喜剧。故事开局与前一篇大同小异，也是在席间，有人发现家庭女教师佩戴的项链非同凡品，女教师笑着否认，说她绝对买不起太贵的首饰。正当大家议论纷纷时，来了两位陌生人，点名找女教师谈话。大家都在猜测，贫穷的女教师居然有一条昂贵的项链，显然来路不正，也许是偷来的，警察马上就要把她抓走了。不久，来人离去，女教师平安返回餐桌。事情原来是，她把自己的不值钱的项链拿到店里清洗，取回的时候，店员误把另一条相似的项链拿给了她。听过解释，女教师慨然退回那条贵重的项链。作为酬报，珠宝店赠她三百英镑。

　　按说这事就过去了，然而还有更精彩的后续发展。年轻美貌的女教师得到这笔钱，请假出游，被富豪看上，喜结良缘。再以后，她凭着美色混迹于上流社会，最后彻底堕落，成了一名交际花。

　　想想看，玛蒂尔德·罗瓦赛尔是多么幸运啊。

2017 年 2 月 13 日

# 莎剧《暴风雨》

在纽约市立大学读研究生的时候，选了卡尔·马科夫教授的文学批评课。这是我收获最大的一门课。第一次上课，教授开讲之前，在黑板上挂出一幅西藏的唐卡，画的大概是六道轮回图。人在中间，上部为神仙菩萨，下部是怪兽魔鬼。教授说，这是西藏人，也是印度人观念中的世界，其中有真实，有想象。在人类的精神生活中，真实和想象具有同等重要的地位，虚构的事物影响人类的历史，不亚于真实的存在。唐卡作为艺术品，有写实，有超越。真实与虚幻，共同构成了我们生活的世界。

从神到人，到禽兽，直至饿鬼和阿修罗等，是一个从高到低的序列。加拿大学者诺思洛普·弗莱在其《批评的剖析》中，这样考察欧洲虚构文学的发展。他说，按照主人公的行动力量，可分为五类：1，在性质上比他人优越，也比其他人环境优越，这样的主人公是神，关于他的故事是神话；2，在一定程度上比他人及其环境优越，主人公是传奇的主角；3，虽然在一定程度上比他人优越，但无法超越所处的环境，则主人公是一位领袖，这是高模仿模式的主人公；4，性质和环境都不比其他人优越，主人公就是我们中的一员，这是低模仿模式的主人公；5，能力和智力上比我们低劣，我们对其遭遇有轻蔑之感，这样的主人公便属于反讽模式。弗莱说："欧洲的虚构作品在过去一千五百年间，其重点一直沿着上述五项的顺序下移。"

读过《批评的剖析》，等于掌握了一把文学批评的利器。第二学期选修莎士比亚，讨论传奇剧《暴风雨》，正好套用弗莱的理论。梁实秋在《暴风雨》的译前题解中介绍说，一位名叫埃米尔·孟太古的学者曾指出，《暴风雨》一剧"就像是古书弁首的图案一般，暗示给读者以全书的内容。恰似对于一位有经验的植物学家，三四种选择出来的植物就可代表半地球的花卉，所以普洛斯帕罗（朱生豪译普洛斯彼罗——编注）、爱丽儿、卡力班（朱生豪译凯列班——编注）、米兰达这几个人物就可以把莎士比亚的整个世界放在我们的想象面前了"。我那时尚未读到梁译莎剧，但对《暴风雨》中角色的设置，印象正是如此，给我启发的是马科夫教授的唐卡。爱丽儿是精灵；普洛斯彼罗虽然是人类，却会法术，可以改变环境，算个半神吧；米兰达，国王，大臣贡柴罗，酗酒的厨子，弄臣，其中有上等人，也有身份低贱的人，有好人，也有坏人；凯列班是巫婆生的怪物，近乎半人半兽……很少在一部戏里找到这么完整的角色序列。

莎士比亚了不起的地方在于，剧中角色既有确定的身份，又时有超越身份局限的品质和行为。凯列班丑陋、野蛮，梦想霸占米兰达，"生一群小丑八怪"，然而对于原本属于他的那个世外桃源似的荒岛，却有深厚的感情，岛上弥漫的音乐，他听得最真切，内心欢喜。普洛斯彼罗高贵善良，却一直奴役凯列班，并一直驱使被他从禁咒中救出来的爱丽儿。

普洛斯彼罗被弟弟安东尼奥篡权，那不勒斯王阿隆佐的弟弟西巴斯辛也时刻觊觎着哥哥的王座。加拿大小说家玛格丽特·阿特伍德指出，剧中几位主要人物都有统治他人的欲望。两个篡位者是不用说了，连凯列班也梦想着推翻普洛斯彼罗占岛为王。看似痴人说梦，却得到了国王的弄臣特林鸠罗和酗酒厨子斯丹法诺的帮助，后者也想奴仆变主子，一夜大翻身。

在阿特伍德的小说《女巫的子孙》中，导演菲利克斯组织囚犯表演《暴风雨》，他提示说，本剧的核心观念是"囚禁"，每个人物都身陷某种"牢狱"中，这样的牢狱共有九个。他让演员们认真阅读，看能否一一找出来。有些是一目了然的，如凯列班的母亲和普洛斯彼罗被流放到岛上，爱丽儿被女巫困在松树中。有些比较隐晦，如国王父子被限制在岛上各自隔离的区域，彼此不能相见，不能互通信息。演员们找出了八个牢笼，找不出最后一个。在荒岛上，普洛斯彼罗是上帝一样的主宰者，且高尚正直，很少人能够想到，他也是一个作茧自缚者。菲利普斯给学生解释说：普洛斯彼罗靠法术制造了一场暴风雨，引导昔日仇敌上岛，揭露篡位者的阴谋，夺回爵位，并促成女儿和王子的爱情，这是一场完整的戏剧，"普洛斯彼罗正是他自己制造的这出戏里的囚徒"，"第九个牢笼就是这出戏本身"。同时，普洛斯彼罗以法术控制和奴役他人，自身也不免成为法术的奴隶。所以在剧终，他毅然放弃法术，恢复为普通人。

莎士比亚的晚年作品不再那么暴力和血腥，表现出和解的精神。对于《暴风雨》，也许可以这样理解：任何人物都有局限，不管他属于弗莱系列里的哪一类。人不能利用其优越性为所欲为，那样，优越性就成了他的牢狱。

2018 年 3 月 22 日

## 玫瑰即使不叫玫瑰

杜甫晚年写了不少赠友人的诗,采用五言排律的形式,三五十韵,不慌不忙,絮絮道来,如兄弟间的联床夜话,又似朋友间的对酒倾谈。《赠卫八处士》对此有细致的描写,电影镜头一样鲜明生动:"今夕复何夕,共此灯烛光。少壮能几时,鬓发各已苍。"诗里谈朋友,说自己,回忆往日交往,表达思念之情,读来好比长信,令人想起白居易写给元稹的那些。杜甫喜欢写自己的生活,提到读书和写作的地方很多,如"老去诗篇浑漫与","晚节渐于诗律细",如"读书难字过",等等。他对朋友们的才华和作品常有精到的形容,有些对方是当之无愧的,如写给李白的那些,有些是客气话。客气话为什么还要说是精到呢?那是因为,假如受赠者当不起,拿来形容杜甫自己,也恰如其分。不论哪种情况,都不妨看作他的夫子自道,是自得之处,或是向往的境界。赠高适和岑参诗中的这两句,"意惬关飞动,篇终接混茫",就是很好的一例。文章写到这样，真可浮一大白。想想自己写作，已经二十多年，长长短短，不下六七百篇，纵在心爱的那十几二十篇里，有几篇能与之仿佛？进一步说，放眼几十年来上穷碧落下黄泉的阅读，又有几篇达到了老杜的标准呢？

宋人《漫叟诗话》中记载的黄庭坚谈自己书法的一段话，也使我心有戚戚：

"山谷晚年，草字高出古人，余尝收得草书陶渊明'结庐在人境'一篇，纸尾复作行书小字跋之，云：'往时作草，殊不称意，人甚爱之，惟钱穆父、苏子瞻以为笔俗，予心知其然，而不能改。数年，百忧所集，不复玩思于笔墨，试以作草，乃能蝉蜕于尘埃之外，然自此人当不爱耳。'"

超出尘俗之外，作者心里明白，像苏轼和钱勰这样的行家也明白，但世人为什么反而不喜欢它呢？因为字也许不那么"好看"了。世俗的好看还是一种表面的东西，这是大多数人愿意追捧同时也能追捧和理解的。理想的作品是既好看，又有好看之外和之上的东西，俗雅共赏。但大多数作品不是这样，阳春白雪不可能每次都洛阳纸贵。恰当的举例不容易，且拿钱锺书先生当个顺手拈来的例子：读《围城》的人肯定比读《管锥编》和《谈艺录》的人多得多。《论语》的注本，朱熹和刘宝楠、程树德的再好，也比不过"学术玩票"者们的戏作。

黄庭坚对自己早先的字不满意，他说："余书姿媚而乏老气，自不足学，学者辄萎弱不能立笔。虽然，笔墨各系其人工拙，要须其韵胜耳。病在此处，笔墨虽工，终不近也。"笔墨"工"，很多人以为是了不起的本事，一些作家的文章就仅仅以此立足。其实，那些甚为雕琢，每句话都要绕个弯子，讲个浅显的道理必用一个看似玄妙的比喻，遍地夕阳芳草，满天彩霞飞鸟的美文，望最好的方面说，不过小巧而已，连"姿媚"都谈不上。玩玉不妨欣赏"俏色"和"巧雕"，文章有更高的境界。雕琢取巧，与黄庭坚所说的韵胜，"不复玩思于笔墨"，相差何可以道里计。

我对书法是门外汉，然而黄庭坚很早之前就打动我的，却是他的一幅字，松风阁诗帖。此帖为台北故宫博物院珍藏，二十多年前，台北故宫精选出部分藏品，在纽约大都会博物馆举办"中华瑰宝"特展，因此有幸亲见千年前的大师手笔。当时站在玻璃展柜前，看着一个个拳头大的字迹就在触手可及之处，驻足良久，胸中暖流涌起，双眼竟要湿润起来。诗歌和野史笔记中的黄庭坚，就在那一瞬间，变成了一个有血有肉的形象。

我后来总忍不住把心目中的山谷道人，比作金庸小说《笑傲江湖》中的衡山派掌门莫大先生。莫大出现在江湖豪士面前，不过一个其貌不扬的落魄老者，一把二胡不离身，拉出的曲调，酸苦悲凉，令人不忍卒听。但每到关键时候，诛杀奸邪，救助无辜，一招毙敌，神龙见首不见尾，眼睛里精光闪动，往日的猥琐一变而为神一般的凌厉庄严。

当然黄庭坚并不是这样的人，他从不悲苦，更不软弱，始终是倔强高傲的，像一棵霜皮龙鳞的老松，像一块崖头逆风的怪石。但我这么想象他，是为了像令狐冲感受对莫大先生的崇敬一样，通过富于戏剧性的反差，加强这种崇敬和崇敬带来的快意。

我年轻时候酷爱唐诗，中年以来，宋诗渐渐读出味道。宋诗存世量大，说喜欢，寻常名篇之外，认真读过的不过三几家，王安石，苏轼，黄庭坚，如此而已，其中黄诗还要打些折扣：读得最晚，理解不深，匆匆一过罢了。

读唐诗，从一开始崇拜李白，喜欢王维，迷恋李贺，到抱着《玉溪生诗集》不撒手，再到终于领略了白居易的好处，最后由韩愈而归结到杜甫。杜甫和韩愈的方向，自然而然地指向宋诗，但并非春雨遍洒千岩万壑，而是秋阳在高峻的几处峰头上的辉煌闪耀，从王苏到黄庭坚为首的江西派，包括最出类拔萃的陈师道和陈与义，直至南宋的范成大、杨万里和陆游。

为了多了解江西派，我甚至去做吃力不讨好的事：学写七律。忽忽十余年，东鳞西爪，虽然不免画虎之讥，却也自得其乐。更重要的是，对黄诗确实有了更深的认识——当然是和过去的自己比，和专家是比不了的。陆游说"纸上得来终觉浅，绝知此事要躬行"，一点也不错。黄庭坚的《和答钱穆父咏猩猩毛笔》："爱酒醉魂在，能言机事疏。平生几两屐，身后五车书。物色看王会，勋劳在石渠。拔毛能济世，端为谢杨朱。"上学时被教导说，是形式主义，现在却是非常喜爱的诗。"形式主义"就不能感动人吗？即使没有很深的寄托，还有那份机智，那份典雅，那种孤傲的精神，这些，都不是不学无术者能装得出来的。陈师道的那首《寄侍读苏尚书》，用了一系列典故，说得那么委婉，然而真情毕现，每读都替受赠的苏东坡觉得感动：

> 六月西湖早得秋，二年归思与迟留。
> 一时宾客余枚叟，在处儿童说细侯。
> 经国向来须老手，有怀何必到壶头。
> 遥知丹地开黄卷，解记清波没白鸥。

作为作者，谁都希望作品广为流布，为世人喜爱。作者感激读者，在作品中是倾注了无限善意的。应该说，很少有作者专为自己写作，或者决意藏之名山，留等千秋万代之后。但是，好的作者毕竟有底线，不为阿谀逢迎而作。

退一步讲，不为讨好他人而作。讨好权贵最不应当，虽然事实上最普遍，讨好读者可以理解，但最好也不要。苏轼并未为取媚于任何人而写作，作品照样风行一时，可见天道并非永远不公。黄庭坚的书法，最终也并没有湮没在时光里，每一件传世墨迹，都成了文化史上的至宝。

关于黄庭坚的字，同时代人惠洪的《冷斋夜话》有个很有意思的传说。一个叫王荣老的人，在观州做官，罢官后渡观江，一连七日大风，不能得渡。当地人告诉他，你的船上肯定藏有奇珍异宝，观江的江神很灵，你把宝贝献出来，就能过江了。王荣老先献出黄塵尾，又拿出端石砚、宣包虎帐，珍宝献了三件，还是巨浪滔天。夜里他翻来覆去地想，我还有一幅黄庭坚的草书，写唐朝韦应物的诗："独怜幽草涧边生，上有黄鹂深树鸣，春潮带雨晚来急，野渡无人舟自横。"取出来看，字迹龙飞凤舞，看得人恍恍惚惚。王荣老自念："这字我都不认识，鬼能认识？"就以之献祭。结果，"香火未收，天水相照，如两镜展对，南风徐来，帆一饷而济"。

做了江神的这个鬼，爱黄字到这种程度，也算泉下知音了。

伟大的作品终归是伟大的，正如莎士比亚所说，玫瑰即使不叫玫瑰，依然芳香如故。

2018年3月26日

**图书在版编目(CIP)数据**

风容 / 张宗子著 . -- 南京：江苏凤凰文艺出版社，2019.12
 ISBN 978-7-5594-4259-8

Ⅰ.①风… Ⅱ.①张… Ⅲ.①散文集—中国—当代 Ⅳ.① I267

中国版本图书馆 CIP 数据核字（2019）第 268071 号

| | | |
|---|---|---|
| 书　　名 | 风容 | |
| 著　　者 | 张宗子 | |
| 责 任 编 辑 | 黄孝阳 | |
| 出 版 发 行 | 江苏凤凰文艺出版社 | |
| 出版社地址 | 南京市中央路 165 号，邮编：210009 | |
| 出版社网址 | http://www.jswenyi.com | |
| 印　　刷 | 北京汇林印务有限公司 | |
| 开　　本 | 670×1168 毫米　　1/32 | |
| 印　　张 | 9.375 | |
| 字　　数 | 160 千字 | |
| 版　　次 | 2019 年 12 月第 1 版　2019 年 12 月第 1 次印刷 | |
| 标 准 书 号 | ISBN 978-7-5594-4259-8 | |
| 定　　价 | 58.00 元 | |

（江苏文艺版图书凡印刷、装订错误可随时向承印厂调换）